LES ANGES

Philippe Olivier

LES ANGES

ÉDITIONS DE VECCHI S.A.
52, rue Montmartre
75002 PARIS

Du même auteur, aux Éditions De Vecchi :
Le Pouvoir de la prière, 1995.
Le Grand Livre des pèlerinages, 1999.
Les Archanges, 2000.
Les Séraphins et les chérubins, 2000.

Remerciements :

Toute notre gratitude va à Yves Cattin, auteur de l'essai intitulé *Les Anges et leur image au Moyen Âge,* et à son éditeur, le frère Jacques Collin, directeur-gérant des éditions Zodiaque (Abbaye de la Pierre-qui-Vire, 89630 Saint-Léger-Vauban) qui ont autorisé la reproduction de larges extraits du chapitre terminal du livre précité dans le présent ouvrage.

Les dessins de l'intérieur de l'ouvrage, librement adaptés d'œuvres originales, sont de Julienne Establet.

Pour une simplification de la lecture, les appels de note se suivent arithmétiquement tout au long du livre.

À mon ange gardien,
trop souvent malmené.

Introduction

Êtres imaginaires, figures emblématiques, simples allégories ou créatures bien réelles considérées comme intermédiaires entre l'homme et la divinité, les anges occupent une place bien incertaine dans l'histoire des croyances en général et des religions en particulier. Symboles ésotériques pour les uns, créatures idéales pour les autres, ils ont toujours suscité la plus vive curiosité, souvent même loin de toutes préoccupations spirituelles. Et, malgré leur invisibilité – indépendamment de nombreux témoignages d'incarnation sur lesquels nous reviendrons dans le cours de cet ouvrage –, ils n'ont finalement jamais cessé d'occuper le devant de la scène, générant tour à tour des disputes – la fameuse querelle sur le sexe des anges –, des sursauts d'ironie ou des actes de foi empreints de prosélytisme.

Rien d'étonnant, donc, à ce que ces êtres désincarnés aient donné naissance à une abondante imagerie dont les arts occidentaux – et ceux des pays évangélisés au cours des siècles – se sont fait une spécialité. Puisant allègrement leur inspiration dans les Écritures (l'Ancien et le Nouveau Testament, bien sûr, mais aussi certaines épîtres de saint Paul, par exemple), les créateurs zen ont donné des représentations d'autant plus libres que leurs « sujets » étaient par essence éthérés. L'imaginaire individuel a ainsi contribué à développer un imaginaire collectif que l'on peut, à juste titre, considérer comme un véritable phénomène culturel. Abordée sous cet angle, l'histoire des anges traverse ainsi non seulement l'histoire des religions monothéistes, mais aussi celle de la société occidentale en général.

Proches de chacun de nous par leurs fonctions mêmes – intercesseurs entre Dieu et les hommes, les anges sont dévolus à l'assistance et à la protection de ces derniers, d'aucuns étant « spécialisés » en la matière (cf. les anges gardiens) –, les

anges sont tout naturellement devenus objets de métaphore et ont colonisé comme tels le langage courant. « Tu es un ange », « beau comme un ange », « une douceur angélique », « une pureté angélique » : toutes ces expressions usuelles, choisies parmi bien d'autres, sont implicitement vectrices d'amour et de candeur, et sont indifféremment utilisées par les croyants et les non-croyants. C'est dire que la notion d'ange est d'une richesse et d'une densité telles qu'elle peut faire l'économie du sacré sans pour autant rien perdre de sa sacralisation.

À l'instar des siècles précédents, l'entrée dans le troisième millénaire se place donc tout naturellement sous l'égide des anges, qui font plus que jamais preuve d'une grande actualité. De quelque côté que l'on se tourne, leurs ailes à la blancheur neigeuse traversent de façon plus ou moins patente notre univers quotidien. Parle-t-on de foi ? La fidélité des croyants aux Écritures leur vaut les honneurs dus à leur condition. Parle-t-on de spiritualité (au sens le plus large du terme) ? La résurgence d'une certaine forme d'ésotérisme les remet au centre des préoccupations des tenants d'un ailleurs qui ne serait pas nécessairement religieux. Parle-t-on de vie quotidienne ? Leur « marquage » surnaturel sert au mieux les visées laïques et ô combien mercantiles de certains publicitaires, qui trouvent dans la force et la pureté ineffable des anges matière à investir symboliquement des produits on ne peut plus utilitaires.

Reste que ce terme générique d'ange recouvre une vaste famille d'êtres hiérarchisés dont bien peu connaissent l'existence. Il est vrai que cette hiérarchisation n'a pas eu l'heur de plaire à l'Église, qui s'est toujours empressée de la fondre dans une notion plus neutre de multitude afin d'éviter l'instauration d'un culte spécifiquement dévolu aux anges. Quelle que soit leur puissance, ils n'étaient – et ne sont encore – que des serviteurs. De Dieu et, du fait de Sa volonté, des hommes.

La grande histoire des anges et des hommes

Le monde moderne montre le plus vif intérêt à l'égard des anges. Cette curiosité, que d'aucuns jugent anachronique, semble surtout insolite dans le contexte de rationalisme qui est le nôtre. De fait, il semble totalement paradoxal, voire impossible, de concilier une telle croyance avec, d'une part, la religion – pour laquelle les anges ne constituent pas un pilier de la foi – et, d'autre part, la science – qui n'a jamais prouvé l'existence des anges. Mais, à l'analyse, cet engouement témoigne de la résurgence d'une quête spirituelle qui, à défaut de viser directement la divinité, s'oriente vers une transcendance intermédiaire, moyen terme entre une humanité soucieuse de dépasser ses limites et l'insondable mystère du Dieu omnipotent. Il y a quelque chose du pari pascalien dans cette démarche, même si l'ampleur du phénomène est inversement proportionnelle à l'élan religieux qui l'a engendré.

Les formidables progrès des connaissances, qui ont permis l'émergence de techniques sans cesse plus sophistiquées dans tous les domaines, mais n'ont en rien résolu les interrogations fondamentales de l'homme, tout comme l'essoufflement de l'esprit religieux *stricto sensu,* expliquent et portent ce retour remarqué du « culte » des anges. Car quoi de plus ambivalent que ces êtres ailés, tout à la fois si proches (cf. les anges gardiens) et si lointains, si empreints de la marque divine et si humains à la fois (cf. la chute des anges). Serviteurs de Dieu et conseillers des hommes, ils occupent une place si singulière dans la sphère du sacré qu'on ne leur reconnaît pas même un référent sexuel. Simultanément force, esprit, image et incarnation de vertus multiples, ils passent allègrement du statut d'entité à celui de métaphore, et de celui de créature à celui de concept. Tant et si bien qu'ils sont indifféremment compagnons virtuels, qu'on leur suppose ou non une dimension divine.

Par les peurs inconscientes qu'il génère – en rendant plus prégnant le gouffre silencieux de l'avenir –, le troisième millénaire réactive les besoins d'ancrage dans « quelqu'un » ou « quelque chose » qui transcende le temps sans pour autant l'évacuer ; une présence qui prenne en compte – pour ne pas dire prenne en charge – l'humanité en perte de valeurs, submergée par un matérialisme conquérant. Les religions sont en perte de vitesse, victimes des poussées extrémistes ou réduites à une simple ritualisation ; l'éthique, également, dont les discours ne s'enracinent plus dans une pratique positive ou, à tout le moins, productive. Bref, l'équilibre des sociétés humaines craque de toutes parts, ne laissant d'autre alternative à ceux qui les composent que de s'investir dans un élan de spiritualité hybride dans laquelle l'ésotérisme s'est substitué au sacré, et où les croyances ont remplacé la foi. Considérés dans cette double optique, mi-religieuse et mi-laïque, les anges sont donc les mieux placés pour concentrer les attentes et les espoirs de chacun. On les désigne, on les supplie, on les convoque sans trop s'interroger sur les textes ou les traditions qui les ont révélés au monde, oubliant un peu vite qu'ils participent étroitement à l'histoire des religions en général, bien sûr, mais aussi à l'histoire tout court.

Raison pour laquelle il n'est pas indifférent de remonter le cours du temps pour retrouver les traces tangibles de leur « apparition » et la manière dont leur image a évolué au cours des âges.

Une histoire millénaire

Si l'on s'en tient strictement à une approche « archéologique », force est de constater que toutes les pistes qui mènent aux origines des anges convergent vers la civilisation sumérienne, plus de trois millénaires avant notre ère. C'est de cette époque en effet que date la plus ancienne des statues ailées jamais découvertes. Ce génie, bon ou mauvais, qui représentait tout autant un « ange » qu'un « démon », apparaîtra bientôt comme l'une des figures les plus récurrentes de la religion assyro-babylonienne, comme en témoignent les nombreuses sculptures mises au jour lors des fouilles effectuées dans la région (sur un périmètre correspondant à l'Irak actuel).

Ces statues de *kâribu* – qui, évolution linguistique oblige, se transmueront plus tard en chérubins – sont sans doute celles-là mêmes que le prophète Ézéchiel évoqua dans ses visions.

D'aspect monstrueux avec leur face mi-humaine, mi-léonine d'un côté, mi-bovine de l'autre, ils étaient en outre dotés d'une double paire d'ailes, supérieures et inférieures, qui se réunissaient au milieu de leur dos. Avec d'autres génies de morphologie tout aussi insolite, généralement singularisés sous la forme de taureaux ailés, ils partageaient une double fonction à l'égard de la divinité et à l'égard de l'homme, servant l'une et protégeant l'autre. Dire que ces « génies » entretiennent des liens particuliers avec les futurs anges des religions chrétienne et musulmane ne constitue en rien une hérésie, les historiens ne s'étant d'ailleurs pas fait faute de remarquer que leurs profils se retrouvaient, bien des siècles plus tard, dans les sculptures de certaines cathédrales romanes. Et, lorsque l'on aura souligné que les premiers rédacteurs de ce qui deviendra la Bible ont commencé leur œuvre après l'exil de Babylone, on prendra d'emblée la mesure des influences spirituelles et artistiques dont ils auront été l'objet. Est-ce à dire que l'apparition des anges dans la théologie hébraïque puisse se résumer aux emprunts opérés dans les religions sumériennes et connexes ? Rien n'est moins sûr,

De son doigt pointé vers le ciel, cet ange indique le chemin de la béatitude divine

tant il est vrai qu'en matière de croyances il est toujours hasardeux de faire coïncider histoire et foi. Même si les croisements, voire les superpositions, apparaissent parfois des plus troublants. Nous n'en voulons pour preuve que le nombre des entités célestes originaires, simultanément présentes chez Zarathoustra – qui reçut sept révélations successives émanant de sept archanges durant les sept années de sa vie d'ermite –, dans les croyances babyloniennes – sept démons – et dans le Livre d'Énoch – sept archanges également. Un chiffre qui, soit dit en passant, persistera avec une signification symbolique de plus en plus marquée dans l'Ancien Testament (où il est utilisé soixante-dix-sept fois) et dans le Nouveau (cf. par exemple l'écroulement des murs de Jéricho consécutif aux sept tours de la ville effectués par sept prêtres portant sept trompettes le septième jour de la semaine).

Considérés à l'origine comme les maîtres des forces de la nature, anges, archanges et autres chérubins vont peu à peu se dégager de leur univers mythologique et animiste pour accéder à la réalité spirituelle que leur reconnaissent conjointement les rédacteurs de la Bible et du Coran.

Les anges dans la Bible

Au terme des grands bouleversements politiques, intellectuels et spirituels qui agitèrent le monde antique – et qui aboutirent, dans le domaine religieux, à la suprématie du monothéisme –, les anges (du grec *aggelos*, messager) furent clairement présentés comme les créatures spirituelles du Dieu unique, Yahvé. Conçus par Lui au même titre que l'homme, ces purs esprits bénéficient de la même liberté, tout en restant subordonnés à Son autorité. Or qui dit messagers dit rapports particuliers avec l'homme qu'ils ont fonction d'assister dans sa quête de Dieu, et pour lequel ils peuvent intercéder, notamment à l'heure du Jugement dernier. Dans le même esprit, certains d'entre eux commencent même à s'imposer comme les gardiens privilégiés des âmes à travers leur fonction d'ange gardien : une « spécialisation » qui traversera les âges avec le bonheur que l'on sait, l'idée d'une protection permanente s'accommodant tout aussi bien d'une coloration religieuse que d'une simple

croyance en « sa bonne étoile ». Ici encore, l'image de l'ange apparaît des plus ambivalente, puisqu'elle peut indifféremment être considérée comme l'incarnation d'un acte de foi et comme une représentation symbolique de la chance.

Quoi qu'il en soit, en même temps que ces entités perdent la toute-puissance que leur avaient conférée les polythéistes, elles gagnent aussi une fonction quasi politique en ce sens qu'elles s'imposent comme l'armée de Dieu ; une armée directement engagée contre les forces du Mal – représentées par les anges qui se sont révoltés contre Dieu et qui ont été déchus par Lui, générant un combat séculaire qui se poursuit jusque dans les créatures humaines.

Intercesseurs entre Dieu et l'homme, annonciateurs de la volonté divine (l'annonce de Gabriel à Marie, par exemple), protecteurs des créatures de Dieu (Daniel sauvé de la voracité des lions), éclaireurs des intelligences et des âmes (Daniel, encore, à qui Dieu envoie l'ange Gabriel pour lui révéler le sens caché de sa vision du bélier et du bouc) et combattant pour le triomphe de l'Amour et de la Vérité suprême, les anges – toutes catégories confondues – participent donc activement à l'instauration du monde parfait annoncé par les Écritures.

LES TROIS ARCHANGES

Dans la Bible, seuls trois archanges sont clairement nommés : Gabriel, Michel et Raphaël. Trois entités supérieures aux autres (archange signifie littéralement « chef parmi les anges »), à qui reviennent des missions particulières : la double annonciation de la naissance de Jean-Baptiste auprès du prêtre Zacharie puis de celle de Jésus-Christ auprès de la Vierge Marie pour Gabriel, le combat contre Satan pour Michel, et un rôle en apparence plus réservé pour Raphaël, dont la grandeur s'accommode parfaitement d'une simple fonction d'assistance (auprès du jeune Tobie notamment) qui préfigure l'avènement du christianisme en ce sens qu'elle témoigne avec éloquence que celui qui est au service de Dieu est aussi à celui des hommes.

La légende de Marie l'Égyptienne, pénitente qui passa près de cinquante ans en prière dans le désert, est le sujet de ce vitrail. Tout en haut, on distingue très nettement deux anges laudateurs portant encensoir, entourant Dieu le Père et son fils Jésus (d'après un vitrail de la cathédrale de Bourges, in La Vie des saints, *Librairie de Firmin-Didot et Cie, 1887)*

Les anges dans l'Ancien Testament[1]
(Principales citations)

Adam et Ève chassés du paradis terrestre (Genèse, III)

[…] Et Yahvé Dieu le renvoya [Adam] du jardin d'Éden pour cultiver le sol d'où il avait été tiré. Il bannit l'homme et il posta devant le jardin d'Éden les chérubins et la flamme du glaive fulgurant pour garder le chemin de l'arbre de vie.

La destruction de Sodome (Genèse, XIX)

Quand les deux anges arrivèrent à Sodome sur le soir, Lot était assis à la porte de la ville. Dès que Lot les vit, il se leva à leur rencontre et se prosterna, face contre terre. Il dit : « Je vous en prie, Messeigneurs ! Veuillez descendre chez votre serviteur pour y passer la nuit et vous laver les pieds, puis au matin vous reprendrez votre route. » Mais ils répondirent : « Non, nous passerons la nuit sur la place. » Il les pressa tant qu'ils allèrent chez lui et entrèrent dans sa maison. Il leur prépara un repas, fit cuire des pains sans levain, et ils mangèrent.
Ils n'étaient pas encore couchés que la maison fut cernée par les hommes de la ville, les gens de Sodome, depuis les jeunes jusqu'aux vieux, tout le peuple sans exception. Ils appelèrent Lot et lui dirent : « Où sont les hommes qui sont venus chez toi cette nuit ? Amène-les-nous pour que nous en abusions. »
Lot sortit vers eux à l'entrée et, ayant fermé la porte derrière lui, il dit : « Je vous en supplie, mes frères, ne commettez pas le mal ! Écoutez : j'ai deux filles qui sont encore vierges, je vais vous les amener : faites-leur ce qui vous semble bon mais, pour ces hommes, ne leur faites rien, puisqu'ils sont entrés sous l'ombre de mon toit. » Mais ils dirent : « Ôte-toi de là ! » Et ils ajoutèrent : « En voilà un qui est venu en étranger, et il fait le juge ! Eh bien, nous te ferons plus de mal qu'à eux ! » Ils le pressèrent fort, lui, Lot, et s'approchèrent pour briser la porte. Mais les hommes sortirent le bras, firent rentrer Lot auprès d'eux dans la maison et refermèrent la porte. Quant aux hommes qui étaient à l'entrée de la maison, ils les frappèrent de berlue, du plus petit jusqu'au plus grand, et ils n'arrivaient pas à trouver l'ouverture.
Les hommes dirent à Lot : « As-tu encore quelqu'un ici ? Un gendre, tes fils, tes filles, tous les tiens qui sont dans la ville, fais-les sortir de ce lieu. Nous allons en effet détruire ce lieu, car grand est le cri qui s'est élevé à la face de Yahvé, et Yahvé nous a envoyés pour les exterminer. » Lot alla parler à ses futurs gendres, qui devaient épouser ses filles : « Debout, dit-il, quittez ce lieu, car Yahvé va détruire la ville. » Mais ses futurs gendres crurent qu'il plaisantait.
Lorsque pointa l'aurore, les anges insistèrent auprès de Lot, en disant : « Debout ! Prends ta femme et tes deux filles qui se trouvent

1. Bible de Jérusalem.

là, de peur d'être emporté par le châtiment de la ville. » Et comme il hésitait, les hommes le prirent par la main, ainsi que sa femme et ses deux filles, pour la pitié que Yahvé avait de lui. Ils le firent sortir et le laissèrent en dehors de la ville.

Le sacrifice d'Abraham (Genèse, XXII)

[…] Abraham éleva l'autel et disposa le bois, puis il lia son fils et le mit sur l'autel, par-dessus le bois. Abraham étendit la main et saisit le couteau pour immoler son fils.
Mais l'ange de Yahvé l'appela du ciel et dit : « Abraham ! Abraham ! » Il répondit : « Me voici ! » L'ange dit : « N'étends pas la main contre l'enfant ! Ne lui fais aucun mal ! Je sais maintenant que tu crains Dieu : tu ne m'as pas refusé ton fils, ton unique. » Abraham leva les yeux et vit un bélier qui s'était pris par les cornes dans un buisson, et Abraham alla prendre le bélier et l'offrit en holocauste à la place de son fils.

Le songe de Jacob (Genèse)

Jacob […] eut un songe : voilà qu'une échelle était dressée sur la terre et que son sommet atteignait le ciel, et des anges de Dieu y montaient et y descendaient ! Voilà que Yahvé se tenait devant lui et dit : « Je suis Yahvé, le Dieu d'Abraham ton ancêtre et le Dieu d'Isaac. »
[Et, un peu plus loin] Comme Jacob poursuivait son chemin, des anges de Dieu l'affrontèrent. En les voyant, Jacob dit : « C'est le camp de Dieu », et il donna à ce lieu le nom de Mahanayim.

Naissance de Samson (Juges, XIII)

[…] L'ange de Yahvé apparut à cette femme et lui dit : « Tu es stérile et tu n'as pas eu d'enfant, mais tu vas concevoir et tu enfanteras un fils. »

Fuite d'Élie devant Jézabel (Premier livre des rois, XIX)

[…] Il se coucha et s'endormit. Mais voici qu'un ange le toucha et lui dit : « Lève-toi et mange. » Il regarda et voici qu'il y avait à son chevet une galette cuite sur les pierres chauffées et une gourde d'eau. Il mangea et but, puis il se recoucha. Mais l'ange de Yahvé revint une seconde fois, le toucha et dit : « Lève-toi et mange, autrement le chemin sera trop long pour toi. » Il se leva, mangea et but, puis, soutenu par cette nourriture, il marcha quarante jours et quarante nuits jusqu'à la montagne de Dieu, l'Horeb.

Vision de Daniel (Daniel, VIII)

[…] Moi, Daniel, contemplant cette vision, j'en cherchais l'intelligence. Voici, se tenant devant moi, quelqu'un qui avait l'aspect d'un homme. J'entendis une voix d'homme, sur l'Ulaï, criant :

« Gabriel, donne-lui l'intelligence de cette vision ! » Il s'avança vers le lieu où je me tenais, et, comme il s'approchait, je fus saisi de terreur et tombai face contre terre. Il me dit : « Fils d'homme, comprends : c'est le temps de la Fin que révèle la vision. »

APPARITION D'UN ANGE À DANIEL (DANIEL, X)

[...] Je levai les yeux pour regarder. Voici : un homme vêtu de lin, les reins ceints d'or pur, son corps avait l'apparence de la chrysolithe, son visage, l'aspect de l'éclair, ses yeux comme des lampes de feu, ses bras et ses jambes comme l'éclat du bronze poli, le son de ses paroles comme la rumeur d'une multitude. [...] Il me dit : « Daniel, homme des prédilections, comprends les paroles que je vais te dire ; lève-toi ; me voici envoyé à toi. »

LES ANGES DANS LE NOUVEAU TESTAMENT

La naissance du Dieu fait homme en la personne de Jésus-Christ va singulièrement remettre en cause la place qu'occupaient jusque-là les anges et réorienter leur rôle de trait d'union entre l'homme et la divinité : d'un coup, ils redeviennent les purs serviteurs de leur Créateur. Peu importe dès lors qu'ils soient laudateurs, messagers ou guerriers, leurs différentes fonctions ne visant qu'un seul but : servir les desseins de Dieu – et partant, la Vérité, la Lumière et l'Amour – sans oublier l'homme, pour qui le monde a été créé et qu'ils sont chargés d'assister sur le dur chemin de la rédemption.

Nombreuses sont d'ailleurs les citations du Nouveau Testament qui témoignent de cette révolution aisément perceptible dès l'annonce faite par l'ange Gabriel à Marie de sa divine maternité.

À partir de cet instant, les anges cèdent effectivement la place à leur Seigneur, se contentant d'intervenir à sa demande, explicite ou implicite. Ils peuvent ainsi combattre à ses côtés (« Crois-tu que je ne pourrais pas invoquer mon Père, qui me donnerait aussitôt douze légions d'anges ? », dit ainsi le Christ dans l'Évangile selon saint Matthieu), convoyer les âmes pures aux cieux ou infléchir la route de chacun pour son salut. En perdant leur statut d'intermédiaires privilégiés entre Dieu et l'homme – puisque le don de son propre Fils par Dieu Lui-même a renoué le dialogue direct entre le Créateur et ses créatures –, les anges

Messagers de la Bonne Nouvelle, ces anges le sont à coup sûr, qui portent des banderoles sur lesquelles on peut lire des instructions théologiques. On remarquera que le fond sur lequel ils reposent est un ciel étoilé (cathédrale de Bourges, France) (© John Pole/Alpha Oméga)

ne sont donc plus le lien unique permettant au second d'entrer en relation avec le premier.

Impossible alors de leur rendre un culte, qui ne leur revenait pas et qui, s'il s'était affirmé, aurait dégénéré en une sorte de polythéisme. Saint Paul ne s'est d'ailleurs pas fait faute de bien souligner ce fait dans ses différentes interventions publiques.

C'est sur ces bases qu'ont été définis le nouveau statut et la nouvelle fonction des anges, qui se sont imposés aux croyants comme des créatures exemplaires tenant leur félicité de leur plein engagement au service de Dieu ; des créatures idéalement pures qu'il convenait à l'homme d'imiter pour se réconcilier pleinement avec Dieu et entrer de plain-pied dans son royaume.

Combien d'ordres monastiques se sont ainsi inspirés du modèle des anges pour nourrir l'élan spirituel de leurs membres.

Restait alors à déterminer la nature précise des anges, dont on ne pouvait pas encore concevoir d'images précises (en dehors de celles données par certaines visions des prophètes de la Bible), puisque ces purs esprits semblaient avoir un corps, certains d'entre eux – si l'on en croit Énoch – s'étant physiquement commis avec les filles des hommes. On s'accorda donc pour les considérer comme des êtres au « corps éthéré » (cf. saint Ambroise, saint Jérôme et saint Augustin) dont il était possible de donner des représentations.

On ne s'étonnera pas que ces mises en images s'inspirèrent largement des modèles successivement donnés par les *kâribus* assyro-babyloniens et les visions prophétiques de la Bible, l'extrême célérité des anges – capables de se déplacer en tout lieu à une vitesse vertigineuse – impliquant esthétiquement et symboliquement l'adjonction d'ailes… un accessoire qui connut le succès que l'on sait.

Une autre question demeurait toutefois encore en suspens : celle de la classification angélique. Fallait-il, pour ce faire, considérer les différentes familles d'anges selon les fonctions des entités qui relevaient de chacune, ou bien les concevoir sous l'angle d'une hiérarchie pure et simple ? Le problème fut résolu vers le Ve siècle par Denys l'Aréopagite, qui opta fermement pour la seconde approche.

Les anges dans le Nouveau Testament (principales citations)

Annonce de la naissance de Jean-Baptiste (Luc, I)

Alors lui apparut l'ange du Seigneur, debout à droite de l'autel de l'encens. À cette vue, Zacharie fut troublé et la crainte fondit sur lui. Mais l'ange lui dit : « Sois sans crainte, Zacharie, car ta supplication a été exaucée ; ta femme Élisabeth t'enfantera un fils, et tu l'appelleras du nom de Jean. »

Annonce de la naissance de Jésus à Marie (Luc, I)

Le sixième mois, l'ange Gabriel fut envoyé par Dieu dans une ville de Galilée, du nom de Nazareth, à une vierge fiancée à un homme du nom de Joseph, de la maison de David ; et le nom de la vierge était Marie. Il entra et lui dit : « Réjouis-toi, comblée de grâce, le Seigneur est avec toi. » À cette parole, elle fut troublée, et elle se demanda ce que signifiait cette salutation. Et l'ange lui dit : « Sois sans crainte, Marie, car tu as trouvé grâce auprès de Dieu. Voici que tu concevras dans ton sein et enfanteras un fils, et tu l'appelleras du nom de Jésus. »

Annonce de la naissance de Jésus à Joseph (Matthieu, I)

Alors qu'il [Joseph] avait formé ce dessein [de répudier discrètement sa fiancée, Marie, enceinte], voici que l'ange du Seigneur lui apparut en songe et lui dit : « Joseph, fils de David, ne crains pas de prendre chez toi Marie, ta femme : car ce qui a été engendré en elle vient de l'Esprit saint. »

La fuite en Égypte (Matthieu, II)

Après leur départ [Marie, Joseph et l'enfant Jésus], voici que l'ange du Seigneur apparaît en songe à Joseph et lui dit : « Lève-toi, prends avec toi l'enfant et sa mère, et fuis en Égypte ; et restes-y jusqu'à ce que je te dise. Car Hérode va rechercher l'enfant pour le faire périr. »

La tentation de Jésus (Matthieu, IV)

[…] Et il [Satan] lui dit : « Si tu es le Fils de Dieu, jette-toi en bas ; car il est écrit : Il donnera pour toi des ordres à Ses anges, et sur leurs mains ils te porteront, de peur que tu ne heurtes du pied quelque pierre. »

L'apparition à Marie de Magdala (Jean, XX)

Marie se tenait près du tombeau […]. Elle se pencha vers l'intérieur […] et elle vit deux anges, en vêtements blancs, assis là où avait reposé le corps de Jésus, l'un à la tête et l'autre aux pieds.

L'ORGANISATION DE LA HIÉRARCHIE CÉLESTE DANS LA BIBLE

La Bible est restée généralement muette quant à la hiérarchie des esprits et autres créatures angéliques créées par Dieu et œuvrant à Son service – exception faite des anges révoltés menés par Satan et des trois archanges, Gabriel, Michel et Raphaël, que nous avons précédemment évoqués. Quelques indications sont pourtant données çà et là, qui constituent une première approche hiérarchique essentiellement fondée sur la fonction des anges.

Serviteur de Dieu et éclaireur des hommes, l'ange invite les croyants à le suivre sur les chemins de lumière

Les anges : constitué d'une somme innombrable d'entités célestes, le corps des anges ne distingue guère de catégories claires en dehors des sept anges admis à contempler la face de Dieu (parmi lesquels se trouvent les archanges Gabriel, Michel et Raphaël), des chérubins et des séraphins.

Les archanges : rarement désignés sous cette dénomination, Gabriel, Michel et Raphaël apparaissent comme faisant partie d'un corps de sept anges qui, selon l'Apocalypse de Jean, « se tiennent toujours prêts à entrer devant la gloire du Seigneur ».

Les chérubins : comme nous l'avons vu plus haut, ces entités célestes rattachées au corps innombrable des anges tirent leur nom du mot *kâribu*, devenu *keroubim* en hébreu, désignant les premiers génies ailés assyro-babyloniens. La Bible les a repris à son compte, notamment à travers les visions du prophète Ézéchiel, dans lesquelles ils apparaissent comme les serviteurs les plus proches de Dieu. Hôtes et gardiens de Son sanctuaire, ils semblent aussi soutenir Son trône. On retrouve d'ailleurs cette même fonction et cette même image dans l'Apocalypse de Jean avec les « quatre vivants à six ailes ». Vifs, les chérubins constituent, peut-être, une métaphore de l'omniprésence de Dieu.

Grâce, paix, amour et douceur caractérisent cet ange contemplatif pénétré du bonheur divin

Les séraphins : ce mot vient de l'hébreu *seraphim*, qui signifie littéralement les brûlants. Il renvoie à la vision du prophète Isaïe, que l'une de ces créatures purifia en prélevant une braise sur l'autel divin. Dotés également d'ailes, ils sont dévolus à la louange de Dieu. L'Église chrétienne considère que les séraphins font partie des neuf chœurs des anges (initiés pour la première fois par saint Ambroise au IVe siècle après J.-C.).

À cela il convient d'ajouter toute une série de corps angéliques issus des traditions rabbiniques dont saint Paul fait plus d'une fois état dans ses différentes épîtres : les principautés, puissances, vertus, trônes et dominations. Mais il n'existe alors aucune classification précise des uns par rapport aux autres. Pour cela, il faudra attendre Denys l'Aréopagite, dont le livre apocryphe donnera la première et la plus importante des hiérarchies angéliques. C'est sur cette classification des anges en fonction de leur rôle que s'appuiera l'enseignement théologique chrétien officiel dès le VIe siècle.

Les anges dans l'islam

Les anges apparaissent à plusieurs reprises dans le Coran, qui les décrit comme des « corps subtils » faits de lumière et possédant des ailes (XXXV, 1). Comme dans la religion judéo-chrétienne, leurs fonctions sont multiples, puisqu'il leur revient tout à la fois d'adorer perpétuellement Dieu, de transmettre Ses commandements aux hommes, de participer à la Révélation (le Coran, en partie « dicté » par l'ange Gabriel au prophète Mahomet), d'annoncer les événements miraculeux, de soutenir et d'affermir les croyants dans leur existence terrestre et leur combat pour la Vérité, de tenir le journal de leur vie et d'intercéder en faveur de ceux qui sont malencontreusement tombés dans le péché.

Le Livre d'Énoch

Rédigé près de deux siècles après Jésus-Christ, le livre éthiopien d'Énoch – patriarche biblique, père de Mathusalem, que la généalogie du Livre sacré désigne comme étant le fils de Caïn et le septième homme de la lignée d'Adam – n'a pas été intégré à la Bible par les autorités religieuses, en raison d'une authenticité mal attestée. Rappelons, par ailleurs, que le concile de 745 à Rome et celui de 789 à Aix-la-Chapelle rejetèrent l'usage des noms des anges, à l'exception de ceux cités dans la Bible (Michel, Gabriel et Raphaël), tandis que les Églises grecque et copte y ajoutent Uriel. Impossible toutefois de ne pas évoquer le Livre d'Énoch parmi les nombreux écrits dits apocryphes, en raison de la place importante qu'il donne aux anges. On y apprend ainsi comment certaines de ces entités célestes péchèrent contre leur nature en s'unissant avec les filles des hommes, comment les bons anges intercédèrent en faveur des enfants de Dieu, comment ils remplirent leur rôle de messagers (notamment vis-à-vis de Noé au moment du Déluge), combien ils sont, comment ils se nomment, quels sont les plus importants d'entre eux et quelles fonctions ils occupent dans la hiérarchie céleste. Bref, une multitude d'informations qui ont compté pour beaucoup dans la propagation de l'angélologie, tant sur le plan des croyances que sur celui des représentations artistiques, comme nous le verrons plus loin.

Voici donc quelques extraits représentatifs du Livre d'Énoch.

Le Livre d'Énoch

Le péché des anges

Or, lorsque les enfants des hommes se furent multipliés, il leur naquit en ces jours des filles belles et jolies ; et les anges, fils des cieux, les virent et ils les désirèrent, et ils se dirent entre eux : « Allons, choisissons-nous des femmes parmi les enfants des hommes et engendrons-nous des enfants. » Alors Semyaza, leur chef, leur dit : « Je crains que vous ne vouliez peut-être pas réellement accomplir cette œuvre, et je serai, moi seul, responsable d'un grand péché. » Mais tous lui répondirent : « Faisons tous un serment, et promettons-nous tous les uns aux autres avec anathème de ne pas changer de dessein, mais d'exécuter réellement ce dessein. »

Alors, ils jurèrent tous ensemble et s'engagèrent là-dessus les uns envers les autres avec anathème. Or ils étaient en tout deux cents, et ils descendirent sur Ardis, le sommet du mont Hermon ; et ils l'appelèrent mont Hermon parce que c'est sur lui qu'ils avaient juré et s'étaient engagés les uns envers les autres avec anathème. Et voici les noms de leurs chefs : Semyaza, leur prince, Arakib, Aramiel, Kôkabiel, Tamiel, Ramiel, Daniel, Ézéquiel, Baraquiel, Asaël, Armaros, Batariel, Ananiel, Zaquilê, Samsapeel, Salariel, Touriel, Yomeyal. Ce sont leurs chefs de dizaines.

Ceux-ci, et tous les autres avec eux, prirent des femmes : chacun en choisit une, et ils commencèrent à aller vers elles, et ils leur enseignèrent les charmes et les incantations, et ils leur apprirent l'art de couper les racines et la science des arbres. Or celles-ci conçurent et mirent au monde de grands géants dont la hauteur était de trois mille coudées. Ils dévorèrent tout le fruit du travail des hommes, jusqu'à ce que ceux-ci ne pussent plus se nourrir. Alors les géants se tournèrent contre les hommes pour les dévorer. Et ils commencèrent à pécher contre les oiseaux et contre les bêtes, les reptiles et les poissons ; puis ils se dévorèrent la chair entre eux, et ils en burent le sang. Alors la terre accusa les violents.

Et Azazel apprit aux hommes à fabriquer les épées et les glaives, le bouclier et la cuirasse de la poitrine, et il leur montra les métaux, et l'art de les travailler, et les bracelets, et les parures, et l'art de peindre le tour des yeux à l'antimoine et d'embellir les paupières, et les pierres les plus belles et les plus précieuses et toutes les teintures de couleur, et la révolution du monde. L'impiété fut grande et générale ; ils forniquèrent, et ils errèrent, et toutes leurs voies furent corrompues. Amiziras instruisit les enchanteurs et les coupeurs de racines ; Armaros apprit à rompre les charmes, Baraquiel instruisit les astrologues, Kôkabiel enseigna les signes, Tamiel la signification de l'aspect des

étoiles, et Asdariel le cours de la lune. Et dans leur anéantissement, les hommes crièrent, et leur clameur monta au ciel.

Intercession des archanges en faveur des humains

Alors Michel, Uriel, Raphaël et Gabriel regardèrent du haut du ciel, et ils virent le sang répandu en abondance sur la terre et toute l'injustice commise sur la terre. Et ils se dirent l'un à l'autre : « C'est la voix de leur cri que la terre désolée crie jusqu'aux portes du ciel, que se plaignent les âmes des hommes ; elles disent : "Portez notre cause devant le Très-Haut". » Et ils dirent au Seigneur des rois : « Tu es le Seigneur des seigneurs, le Dieu des dieux et le Roi des rois, et le trône de Ta gloire demeure à travers toutes les générations du monde, et Ton nom est saint et béni, et glorieux pour toute l'éternité, et il est béni et glorieux. C'est Toi qui as tout fait, et en Toi réside le pouvoir sur toutes choses ; tout est découvert et à nu devant Toi ; Toi, Tu vois tout, et il n'est rien qui puisse se dérober à Toi. Tu as vu ce qu'a fait Azazel, comment il a enseigné toute injustice sur la terre, et dévoilé les secrets éternels qui s'accomplissent dans les cieux ; et de quelle manière Semyaza, auquel Tu avais donné le pouvoir de dominer ses compagnons, a instruit les hommes. Et ils s'en sont allés vers les filles des hommes, sur la terre, et ils ont couché avec elles et ils se sont souillés avec ces femmes, et ils leur ont découvert tout péché. Or ces femmes ont mis au monde des géants par qui la terre entière a été remplie de sang et d'injustice. Et maintenant voici que les âmes de ceux qui sont morts crient et se plaignent jusqu'aux portes du ciel ; et leur gémissement est monté, et il ne peut sortir devant l'injustice qui se commet sur la terre. Mais Toi, Tu connais toutes choses avant qu'elles soient, et Toi, Tu sais cela, et Tu tolères les géants, et Tu ne nous dis pas ce que nous devons leur faire pour cela. »

Dieu fait annoncer à Noé le châtiment des anges et des géants, et le salut des justes

Alors le Très-Haut dit, le Grand et le Saint parla, et Il envoya Asaryalyor au fils de Lamech : « Va vers Noé et dis-lui en Mon nom : "Cache-toi", et révèle-lui la consommation qui vient ; car la terre entière va périr, une eau de déluge va venir sur toute la terre, et ce qui se trouve sur elle va périr. Et maintenant instruis-le afin qu'il échappe et que sa postérité demeure pour toutes les générations. » Le Seigneur dit encore à Raphaël : « Enchaîne Azazel, pieds et mains, et jette-le dans les ténèbres ; et ouvre le désert qui est en Dudaël, et jette-le là. Jette sur lui des pierres raboteuses et tranchantes, et couvre-le de ténèbres, et qu'il y reste éternellement ; couvre aussi sa face pour qu'il ne voie pas la lumière. Et, au grand jour du Jugement, qu'il soit jeté dans le brasier. Puis guéris la terre que les anges ont corrompue ; et annonce la guérison de la terre, afin qu'ils guérissent leurs plaies, et que tous les enfants des hommes ne soient pas perdus par tout le mystère que les veilleurs

Ce tableau du XVI*e siècle oppose violemment l'horreur du martyre de sainte Agnès à la douceur de la récompense qui l'attend dans les cieux, où un groupe d'anges musiciens chante les louanges de Dieu le Père et de Son Fils Jésus. On remarquera en outre la présence d'un ange intercesseur et messager, assurant la liaison entre le monde d'en bas et le monde d'en haut, symbolisant l'entrée prochaine de la sainte dans le paradis (d'après le Dominiquin, in* La Vie des saints, *Librairie de Firmin-Didot et Cie, 1887)*

ont appris et enseigné à leurs enfants. Toute la terre a été corrompue par la science de l'œuvre d'Azazel ; impute-lui donc tout le péché. »
Et le Seigneur dit à Gabriel : « Va vers les bâtards et les réprouvés et vers les fils des courtisanes, et fais disparaître les fils des courtisanes et les enfants des veilleurs d'entre les hommes ; chasse-les et renvoie-les ; ils se détruiront les uns les autres par le meurtre, car il n'y aura pas pour eux de longs jours. Et tout ce qu'ils te demanderont ne sera pas accordé à leurs pères en leur faveur, car ils espèrent vivre une vie éternelle, et que chacun d'eux vivra cinq cents ans. »
Et à Michel le Seigneur dit : « Va, enchaîne Semyaza et ses compagnons qui se sont unis aux femmes pour se souiller avec elles dans toute leur impureté. Et, lorsque tous leurs enfants se seront égorgés, et lorsqu'eux-mêmes auront vu la destruction de leurs bien-aimés, enchaîne-les pour soixante-dix générations sous les collines de la terre jusqu'au jour de leur Jugement et de leur consommation, jusqu'à ce que soit consommé le jugement éternel. En ces jours, on les emmènera dans l'abîme de feu, dans les tourments, et ils seront pour toujours enfermés dans la prison. Et si quelqu'un est condamné et périt, il sera désormais enchaîné avec eux jusqu'à la consommation des générations et générations. Détruis donc toutes les âmes voluptueuses et les enfants des veilleurs, car ils ont opprimé les hommes. Fais disparaître toute oppression de la face de la terre, que toute œuvre mauvaise cesse, que la plante de justice et de vérité apparaisse, et elle sera en bénédiction ; des œuvres de justice et de vérité seront plantées dans la joie pour toujours.
« Alors tous les justes échapperont et demeureront vivants jusqu'à ce qu'ils aient engendré mille enfants, et tous les jours de leur jeunesse et de leur vieillesse s'achèveront dans la paix. Et dans ces jours la terre entière sera cultivée dans la justice ; et elle sera entièrement plantée d'arbres, et remplie de bénédiction. On plantera sur elle tous les arbres d'agrément, on y plantera des vignes, et la vigne qui y sera plantée donnera du vin à satiété ; et toute graine semée sur elle produira mille mesures pour une, et une mesure d'olives produira dix pressoirs d'huile. Et toi, purifie la terre de toute oppression, de toute violence, de tout péché, de tout acte impie et de toute impureté qui s'accomplit sur la terre ; fais-les disparaître de la terre. Que tous les enfants des hommes deviennent justes, et que tous les peuples Me vénèrent et Me bénissent, et tous M'adoreront. Et la terre sera pure de toute corruption, de tout péché, de tout châtiment et de toute douleur ; et Je n'enverrai plus ces fléaux sur la terre jusqu'aux générations des générations et jusqu'à l'éternité. Et dans ces jours J'ouvrirai les trésors des bénédictions qui sont dans le ciel, pour les faire descendre sur la terre, sur les œuvres et le travail des enfants des hommes. Et la paix et la vérité seront unies tous les jours du monde et dans toutes les générations du monde. »

Les sept archanges et leurs fonctions

Voici les noms des saints anges qui veillent :
– Uriel, l'un des saints anges, celui du monde et du Tartare ;
– Raphaël, l'un des saints anges, celui des âmes des hommes ;
– Raguel, l'un des saints anges, qui tire vengeance du monde des luminaires ;
– Michel, l'un des saints anges, préposé à la garde des meilleurs des hommes du peuple ;
– Saraqiel, l'un des saints anges, préposé aux esprits des enfants des hommes qui pèchent contre les esprits ;
– Gabriel, l'un des saints anges, préposé au paradis, aux dragons et aux chérubins ;
– Rémeiel, l'un des saints anges, préposé au soin des ressuscités.

Notons au passage que la place occupée par saint Michel archange, au plein milieu de la liste, n'est nullement innocente. Bien au contraire, même, puisque cette position centrale en fait en quelque sorte l'axe, reflétant en cela son importance première dans le groupe.

Le Livre d'Énoch (suite)

Réflexions de Michel sur le supplice des anges

Et, ce jour-là, Michel prit la parole pour dire à Raphaël : « La puissance de l'Esprit me transporte et m'irrite au sujet de la sévérité du châtiment des secrets, du châtiment des anges : quel est celui qui pourra supporter le châtiment rigoureux qui a été exercé, et devant lequel ils fondent ? »

Et Michel prit de nouveau la parole et dit à Raphaël : « Quel est celui dont le cœur ne serait pas touché à son sujet du châtiment et dont les reins ne seraient pas troublés par cette parole du châtiment qui a été proférée contre ceux qu'on a chassés ainsi ? »

Et il arriva, lorsque Michel se tenait devant le Seigneur des esprits, qu'il dit à Raphaël : « Je ne serai pourtant pas pour eux aux yeux du Seigneur, car le Seigneur des

Statue ailée

esprits est irrité contre eux, parce qu'ils agissent comme s'ils étaient le Seigneur. C'est pourquoi tout ce qui est secret viendra contre eux pour les siècles des siècles ; car ni ange ni homme ne recevra sa part, mais eux seuls ont reçu le châtiment pour les siècles des siècles. »

NOMS ET FONCTIONS DES ANGES DÉCHUS

Et après ce jugement on les épouvantera et on les exaspérera, parce qu'ils ont montré cela à ceux qui habitent sur l'aride.
Et voici les noms de ces anges, et tels sont leurs noms : le premier d'entre eux est Semyaza, le second Arstiqifa, le troisième Armên, le quatrième Kôkabiel, le cinquième Touriel, le sixième Rumyal, le septième Daniel, le huitième Neqel, le neuvième Baraquiel, le dixième Azazel, le onzième Armaros, le douzième Bataryal, le treizième Basasaël, le quatorzième Hananel, le quinzième Touriel, le seizième Simapisiel, le dix-septième Yetariel, le dix-huitième Tumaël, le dix-neuvième Tariel, le vingtième Ruamel, le vingt et unième Azazel.
Et ceux-ci sont les chefs de leurs anges, et les noms de leurs chefs de centaines, de leurs chefs de cinquantaines et de leurs chefs de dizaines.
– Le nom du premier est Yeqon : c'est celui qui séduisit tous les fils des anges et les fit descendre sur la terre, et il les séduisit par les filles des hommes.
– Le nom du deuxième est Asbeel : celui-ci donna un mauvais conseil aux fils des saints anges : il les entraîna à souiller leur chair avec les filles des hommes.
– Le nom du troisième est Gadriel : c'est celui qui montra toutes les plaies de mort aux fils des hommes, c'est lui qui séduisit Ève, et c'est lui qui montra les plaies de mort aux fils des hommes, et le bouclier et la cuirasse et l'épée pour le combat, et tous les instruments de mort aux fils des hommes. De sa main ils sont sortis contre ceux qui habitent sur l'aride, depuis ce jour et jusque dans les siècles des siècles.
– Le nom du quatrième est Penemu : celui-ci montra aux fils des hommes à écrire avec l'encre et le papyrus, et ils sont nombreux, ceux qui ont erré à cause de cela depuis l'éternité jusqu'à l'éternité et jusqu'à ce jour. Car les hommes n'ont pas été mis au monde pour affirmer ainsi leur fidélité avec le calame et l'encre. Car les hommes n'ont pas été créés autrement que les anges, mais ils l'ont été pour demeurer justes et purs, et la mort qui corrompt tout ne les aurait pas atteints ; mais ils l'ont été à cause de cette connaissance qui est la leur ils périssent, et à cause de cette puissance la mort les dévore.
– Le nom du cinquième est Kasdeya : c'est celui qui montra aux fils des hommes toutes les plaies mauvaises des esprits et des démons, et la plaie de l'embryon dans le sein pour qu'il tombe, et la plaie de la vie, la morsure du serpent et la plaie qui arrive à midi, le fils du serpent, dont le nom est Tabaet.

Et ceci est le nombre de Kasbeel, qui montrait aux saints la tête du serpent, quand il demeurait en haut dans la gloire, et son nom est Beqa. Kasbeel demanda à Michel de lui montrer le nom secret pour qu'il le mentionne dans le serment, pour que ceux qui ont montré aux fils des hommes tout ce qui est secret tremblent devant ce nom et ce serment.
Et voici la puissance de ce serment : il est fort et puissant, et Dieu avait déposé ce serment, Aka, dans la main de Michel.
Et voici les secrets de ce serment… et il est fort dans son serment. Et par lui le ciel fut suspendu avant que le monde fût créé, et jusqu'à l'éternité. Et la terre a été fondée sur l'eau, et des profondeurs secrètes des montagnes viennent de belles eaux, depuis la création du monde jusqu'à l'éternité.
Et, par ce serment, la terre a été créée, et pour son fondement au temps de la colère il lui a donné du sable, et elle ne franchit pas ses limites depuis la création du monde jusqu'à l'éternité. Et, par ce serment, les abîmes ont été affermis, et ils sont stables, et ils ne changent pas de place depuis l'éternité jusqu'à l'éternité.
Et, par ce serment, le soleil et la lune accomplissent leur course, et ils ne transgressent pas leurs lois depuis l'éternité jusqu'à l'éternité.
Et, par ce serment, les étoiles accomplissent leur course, et il les appelle par leur nom, et elles lui répondent depuis l'éternité jusqu'à l'éternité.
Et de même il appelle les esprits de l'eau, des vents et de tous les souffles, et leurs voies entre toutes les troupes des esprits.
Et là sont gardées la voix du tonnerre et la lumière de l'éclair, et là sont gardés les réservoirs de la grêle, et les réservoirs de la gelée, et les réservoirs du brouillard, et les réservoirs de la pluie et de la rosée.
Tous ceux-là sont fidèles et rendent grâces devant le Seigneur des esprits, et ils Le louent de toutes leurs forces, et leur nourriture est dans toute action de grâces, et ils rendent grâces, et ils louent et exaltent le nom du Seigneur des esprits pour les siècles des siècles.
Sur les esprits est affermi ce serment, ils sont gardés par lui ; leurs chemins sont gardés, et leurs voies ne se corrompront pas.

Reprenant à son compte la tradition spirituelle associant une puissance surnaturelle aux éléments naturels, Énoch nomme toute une série d'anges affectés à la domination des phénomènes naturels.

LES ANGES, ORDONNATEURS DES PHÉNOMÈNES NATURELS

Baradiel, prince de la grêle ;
– Baraquiel, prince de la foudre ;

- Galgaliel, prince du soleil ;
- Kokbiel, prince des étoiles ;
- Laylahel, prince de la nuit ;
- Matariel, prince de la pluie ;
- Ofaniel, prince de la lune ;
- Raamiel, prince du tonnerre ;
- Raaziel, prince des tremblements de terre ;
- Rhatiel, prince des planètes ;
- Ruthiel, prince du vent ;
- Salgiel, prince de la neige ;
- Samziel, prince de la lumière du jour ;
- Zaameel, prince de la tempête ;
- Zaafiel, prince de l'ouragan ;
- Zawael, prince du tourbillon ;
- Ziquiel, prince des comètes.

Autant d'entités célestes qui, avec l'ensemble du chœur des anges, sont les premiers témoins de l'accomplissement des Écritures – avec la venue du Messie, le Dieu fait homme.

LOUANGE AU FILS DE L'HOMME

Et ils ont ressenti une grande joie, et ils ont béni, et loué, et exalté le Seigneur parce que leur avait été révélé le nom de ce Fils de l'homme. Il s'est assis sur le trône de Sa gloire, et la somme du jugement a été donnée au Fils de l'homme, et il éloignera et il détruira les pécheurs de devant la face de la terre et aussi ceux qui ont séduit le monde. Ils seront attachés avec des chaînes, et dans le lieu où ils auront été réunis pour la destruction, ils seront enfermés, et toutes leurs œuvres disparaîtront de la face de la terre. Et dès lors il n'y aura plus rien de corruptible, car ce Fils de l'homme a apparu et s'est assis sur le trône de Sa gloire, et tout mal s'éloignera et s'en ira de devant Sa face ; mais la parole de ce Fils de l'homme restera devant le Seigneur des esprits.
Telle est la troisième parabole d'Enoch.

L'INFLUENCE DU LIVRE D'ÉNOCH DANS LA DIFFUSION DES IMAGES ANGÉLIQUES

Que les classifications et les images angéliques d'Énoch aient profondément influencé le monde occidental au début de la chrétienté ne constitue guère une surprise, tant il est vrai que son livre suscita d'importants échos avant d'être rejeté comme apocryphe par les autorités religieuses. Mais que cet ouvrage connu ait suscité d'aussi grandes résonances à l'autre bout du monde apparaît comme un fait des plus étranges. Nous n'en voulons pour preuve que les innombrables représentations artistiques qui ont été faites des anges en Amérique latine à partir du XVIe siècle. Avant de revenir plus longuement sur le sujet, signalons d'ores et déjà le rapport étroit unissant le Livre d'Énoch – dont on ne sait vraiment pas comment il a traversé l'Océan – à certaines séries d'anges militaires boliviens portant les noms d'Uriel, Gabriel, Letiel et Alamiel.

Tout comme chez Énoch, les anges qui portent ces noms et ceux dont nous avons donné la liste plus haut sont implicitement et explicitement associés aux phénomènes naturels dont ils ont la responsabilité et sur lesquels ils ont toute puissance. Ils sont même assimilés à différents astres ou planètes, comme l'ange déchu, Lucifer, qui est représenté par Vénus, l'étoile du berger, dont la particularité est de ne pas avoir d'emplacement fixe dans le ciel ; quel plus beau symbole de la « chute » que cet astre dont le parcours aléatoire laisse supposer qu'il est sans cesse en train de tomber !

Est-il besoin de dire que les missionnaires envoyés en Amérique à l'époque utilisèrent cette propension naturelle à personnifier les anges dans les étoiles et les phénomènes naturels en encourageant leur représentation de manière à saper toute velléité idolâtre des autochtones : mieux valait en effet révérer des anges que les faces obsures des choses !

Denys l'Aréopagite

Membre du Conseil de la cité (l'Aréopage) d'Athènes, Denys aurait été converti par saint Paul au milieu du Ier siècle. La tradition voudrait qu'il soit ensuite devenu le premier évêque de la ville, où il serait mort en martyr quelques décennies plus tard. Ce n'est pourtant pas à cet homme que l'on doit d'avoir élaboré la hiérarchie céleste, ne serait-ce qu'en raison du fait que le texte n'en fut élaboré qu'au Ve siècle. Nul ne sait donc quel est le véritable auteur de cette classification radicalement nouvelle des entités célestes, toutefois signée de son nom.

À signaler également que Denys l'Athénien fut longtemps – et à tort – confondu avec saint Denys, ancien évêque de Paris.

Le monde occidental ne prendra officiellement connaissance de ces écrits apocryphes qu'au cours du VIe siècle, lorsque le pape Grégoire le Grand évoquera, pour la première fois, l'organisation des entités célestes originales qui y sont présentées.

L'Église de Constantinople avait toutefois précédé de quelques années celle d'Occident, en faisant nommément référence à l'œuvre de Denys dans le premier tiers du même siècle, sans que cette évocation ne dépasse ses limites d'influence.

La hiérarchie céleste

Denys l'Aréopagite divise le vaste corps des anges en trois groupes, dont la place détermine la fonction.

1) Séraphins, chérubins et trônes

– Les séraphins : placés au sommet de la hiérarchie, ils entourent le trône de Dieu et chantent Ses louanges.

– Les chérubins sont également proches du trône divin et symbolisent la sagesse divine.

– Les trônes représentent la justice divine.

2) Dominations, vertus, puissances

– Les dominations et les puissances sont responsables des éléments naturels et des corps célestes.

– Les vertus sont liées à la passion du Christ.

3) Principautés, archanges et anges

Ils établissent la relation avec l'humanité.

– Les principautés protègent les nations.

– Les archanges sont les messagers de Dieu (la tradition a popularisé les noms de trois d'entre eux : Michel, Raphaël et Gabriel).

– Les anges protègent tous les hommes (parmi eux se comptent les anges gardiens, dévolus à la protection de chaque homme).

La divinité du Christ, recevant le baptême, des mains de saint Jean Baptiste, est soulignée par la présence d'anges serviteurs tout entiers dévoués à leur mission. Ces entités font pendant à un groupe d'hommes et de femmes situés sur la droite du Dieu fait homme, partisan de la nouvelle alliance qui occupe naturellement le centre de la scène (d'après Schnour, XIXe *siècle, in* La vie des Saints illustrée, *Librairie de Firmin-Didot et Cie, 1887)*

Pour Denys l'Aréopagite, cette classification n'est pas seulement organique : elle est aussi dynamique. De fait, il s'agit en quelque sorte d'une échelle graduée que l'on peut indifféremment monter ou descendre, chaque degré représentant alors une étape d'approfondissement et de perfectionnement spirituels sur la voie qui mène à Dieu ou, au contraire, une descente progressive du pouvoir divin vers ses créatures terrestres.

On remarquera par ailleurs que cette organisation hiérarchique en trois triades successives fonctionne également de façon horizontale, les différents corps composant chaque étage représentant les différents degrés de perfectionnement possible au sein même du groupe considéré.

Vu sous cet angle, on comprend mieux l'importance des différents corps d'entités célestes, conçus pour attirer, élever et finalement aspirer les autres anges et l'homme lui-même dans la perfection divine. Les précisions que donne Denys l'Aréopagite ne laissent d'ailleurs aucun doute à ce sujet. Pour lui, en effet, les corps de la triade supérieure se définissent de la façon suivante.

– Les séraphins représentent le « mouvement perpétuel tout autour des secrets divins » et possèdent « le pouvoir d'élever efficacement leurs inférieurs à leur ressemblance ».

– Les chérubins possèdent l'ineffable « aptitude à connaître et à contempler Dieu, à recevoir les plus hauts dons de Sa lumière et à accueillir la plénitude des dons qui rendent anges ».

– Les trônes ont pour particularité de ne pouvoir faire aucune « concession aux biens inférieurs » et d'être incapables d'aucune « bassesse ». Ce qui leur vaut l'insigne privilège de soutenir le trône de Dieu.

Les corps de la deuxième triade répondent, quant à eux, aux définitions, caractères et fonctions suivantes.

– Les dominations représentent la pure « élévation spirituelle » détachée de toute « compromission terrestre ».

– Les vertus se singularisent par un « pouvoir » d'ordre intellectuel qui leur est propre et dont l'homme ne peut aucunement avoir connaissance.

– Les puissances agissent avec une volonté farouche conformément aux desseins de Dieu.

Les corps inférieurs ont, eux aussi, des spécificités propres.

– Les principautés se définissent comme des « puissances de commandement de la plus haute convenance ».

– Les archanges, bien qu'organiquement reliés aux anges, s'en distinguent toutefois par leur fonction d'intermédiaires « entre les très saintes principautés », avec qui ils sont « en communion », et l'ensemble des anges, auxquels « ils confèrent l'unité ».

– Les anges constituent le corps du « plus bas degré de la qualité angélique », celui par lequel l'homme est amené à prendre conscience de la hiérarchie angélique, et celui grâce auquel il peut commencer à s'élever vers Dieu.

Bien qu'apocryphe, cette hiérarchie de Denys l'Aréopagite influencera considérablement le monde chrétien pendant plusieurs siècles. Jusqu'à ce que la Cabale vienne encore enrichir et complexifier cette organisation en jetant les bases de l'univers angélique que nous connaissons aujourd'hui.

La Cabale

Le mot de Cabale – indifféremment orthographié Cabale, Cabbale ou Kabbale – vient de l'hébreu *quibbel*, verbe signifiant littéralement recevoir par tradition. À l'origine, le terme s'appliquait donc à tout ce qui concernait la transmission (orale ou écrite) d'enseignements spécifiques aux doctrines religieuses. Mais à partir du XIIIe siècle, le mot prend une signification plus étroite en désignant l'étude et la transmission d'un « système doctrinal particulier et ésotérique dont les penseurs seront appelés kabbalistes de préférence à toute autre désignation »[2]. Au début du XVIIe siècle, enfin, le terme de Cabale s'applique expressément et exclusivement à l'interprétation juive de l'Ancien Testament à partir des vingt-deux signes de l'alphabet.

Reprenant à leur compte ce qui a été dit des anges dans l'Ancien Testament et s'inspirant notamment des écrits apocryphes d'Énoch et de Denys l'Aréopagite, les penseurs de la Cabale – qui attestent de l'existence d'innombrables êtres intermédiaires entre Dieu et l'homme – vont élaborer leur « conception du monde » à travers une œuvre fondamentale, le Zohar ou « livre de la splendeur ». Une approche formalisée par Moïse de Leon à la fin du XIIIe siècle, qui précise alors le nombre et les noms des entités célestes par l'intermédiaire desquelles Dieu créa le monde. Soit dix « corps » ou *sephira* organisés en trois triades, elles-mêmes coiffées par la première, principe même de Dieu.

Restait alors à déterminer la hiérarchie précise de ces différentes entités ainsi que leurs fonctions au sein même des différents corps « angéliques », auxquelles elles étaient rattachées. Ce qui fut fait en recréant les différentes catégories ébauchées par

2. Dictionnaire *Le Robert*.

De l'angelot joufflu aux puttis grassouillets, la limite est bien mince entre représentations sacrées et profanes (Alagna, Italie) (© John Pole/Alpha Oméga)

leurs prédécesseurs – prophètes, visionnaires et autres auteurs d'écrits apocalyptiques –, en donnant des noms aux différentes entités angéliques et en les répartissant tout au long de l'année selon une vision pour ainsi dire astrologique (puisque les différents anges se trouvent associés aux planètes du système solaire).

Les différents corps angéliques

Sur ce point, pas de surprise, puisque la catégorisation de la Cabale reprend celle déjà définie par Denys l'Aréopagite. À savoir, pour mémoire :

1) séraphins.
2) chérubins.
3) trônes.
4) dominations.
5) puissances.
6) vertus.
7) principautés.
8) archanges.
9) anges.

Dans cette organisation, il est bien évident que chaque corps angélique se définit par rapport aux autres en fonction d'une « perfection » sans cesse plus grande (si l'on part du bas), un peu à la manière d'une échelle graduée dans laquelle les étages inférieurs bénéficient de la lumière des étages supérieurs.

La nouveauté de cette hiérarchie vient toutefois du fait que, dans chacune des catégories dotées de huit entités célestes, chaque ange précisément nommé (selon une technique particulière que nous évoquerons plus loin) correspond à une période spécifique de l'année. Chaque étage de la hiérarchie est, en effet, attaché à une planète du système solaire, chaque ange se déterminant selon une approche strictement calendaire de ce système planétaire (soit, concrètement, cinq degrés pour chacun d'entre eux, l'ensemble des soixante-douze anges couvrant ainsi les trois cent soixante degrés de la révolution astronomique annuelle).

La détermination du nom des anges

Comme on le sait, chacune des vingt-deux lettres de l'alphabet hébraïque possède une correspondance chiffrée qui permet de déterminer le nombre spécifique de chaque mot. Et, partant, d'en percer la signification profonde qui, sans cela, serait demeurée cachée. Cette lecture du sens « secret » des termes à travers la symbolique des nombres constitue, en effet, l'une des approches originales de la Cabale, qui utilise, pour ce faire, une table de conversion immuable.

C'est à partir de cette grille de calcul, appliquée aux versets bibliques 19, 20 et 21 de l'Exode – qui ont pour particularité d'être composés de soixante-douze signes chacun –, que les noms des différentes entités célestes furent déterminés, selon un procédé de permutations de lettres aussi complexe que rigoureux, pour une part emprunté à la tradition biblique, qu'il n'est pas utile d'évoquer ici. Notons enfin que le caractère angélique d'un nom est indifféremment marqué par le suffixe *el* ou *iah*. Par tradition, il est convenu que les entités célestes peuplant le nord et le sud soient respectivement distinguées par les suffixes *ael* et *iah* (exemples : Nanael et Ehyiah), et que celles qui résident à l'est ou à l'ouest portent les suffixes *el* et *iel* (exemples : Rochel et Ariel).

La place des anges dans le zodiaque

Rapporté à une vision astrologique, chacun des soixante-douze anges des trois triades d'entités célestes domine l'une des soixante-douze sections de cinq degrés qui composent l'arc zodiacal. Ce qui, en termes de temps, se traduit par une influence de cinq journées environ pour chaque ange, le décalage entre le nombre de jours (trois cent soixante-cinq pour les années courantes, trois cent soixante-six pour les années bissextiles) et les trois cent soixante degrés du zodiaque expliquant les variantes temporelles observées chez les différents auteurs. À ce détail près, il est donc possible d'ébaucher une « cartographie » angélique à partir de laquelle chacun pourra déterminer l'ange qui lui est associé en fonction de sa date de naissance ; et, partant, savoir quels bienfaits spécifiques il peut recevoir du fait de sa céleste protection. À signaler, enfin, que chaque corps d'entités angéliques est placé sous l'autorité d'un archange recteur.

L'agenda angélique astrologique

Si l'on commence comme il se doit par le premier corps de la première triade, à savoir les séraphins, l'agenda angélique débute donc au moment du printemps.

Rien d'étonnant à cela lorsqu'on sait que les cabalistes ne faisaient pas débuter l'année calendaire au 1er janvier, mais au 21 mars (soit au premier degré du signe astrologique du Bélier). Voir ci-dessous les correspondances des anges et du zodiaque

Séraphins

Archange :	Métatron
21/25 mars :	Ehyiah
26/30 mars :	Jeliel
31 mars/4 avril :	Sitael
5/9 avril :	Elemiah
10/14 avril :	Mahasiah
15/19 avril :	Lelahel
20/24 avril :	Achaiah
25/29 avril :	Cahetel

Chérubins

Archange :	Raziel
30 avril/4 mai :	Haziel
5/9 mai :	Aladiah
10/14 mai :	Lauviah
15/19 mai :	Hahaiah
20/24 mai :	Iezael
25/29 mai :	Mebahel
30 mai/3 juin :	Hariel
4/8 juin :	Hakamiah

Trônes

Archange :	Binael
9/13 juin :	Lauviah
14/18 juin :	Caliel
19/23 juin :	Leuviah
24/28 juin :	Pahaliah
29 juin/3 juil.:	Nelkhael
4/8 juillet :	Yeiayel
9/13 juillet :	Melahel
14/18 juillet :	Hayuiah

Dominations

Archange :	Hesediel
19/23 juillet :	Nith-Haiah
24/28 juillet :	Ahayah
29 juillet/2 août :	Yerathel
3/7 août :	Seheiah
8/12 août :	Reuel
13/17 août :	Omael
18/22 août :	Yecabel
23/27 août :	Vasariah

Puissances

Archange :	Camael
28 août/1er sept. :	Yehuiah
2 /6 sept. :	Lehahiah
7/11 sept. :	Chavakhiah
12/16 sept. :	Menadel
17/21 sept. :	Aniel
22/26 sept. :	Haamiah
27 sept./1er oct :	Rehael
2/6 oct. :	Yeiazel

Vertus

Archange :	Raphaël
7/11 oct. :	Hahahel
12/16 oct. :	Mikael
17/21 oct. :	Yoliah
22/26 oct. :	Yelahiah
27/31 oct. :	Sehaliah
1er/5 nov. :	Ariel
6/10 nov. :	Asaliah
11/15 nov. :	Mihael

Principautés

Archange :	Haniel
16/20 nov. :	Vehuel
21/25 nov. :	Daniel
26/30 nov. :	Hahasiah
1er/5 déc. :	Imamiah
6/10 déc. :	Nanael
11/15 déc. :	Nithael
16/20 déc. :	Mebahiah
21/25 déc. :	Poyel

ARCHANGES

Archange :	Michel
26/30 déc. :	Nemamiah
31 déc/4 janv. :	Yeiaiel
5/9 janv. :	Harahel
10/14 janv. :	Mitzrael
15/19 janv. :	Umabel
20/24 janv. :	Iah-Hel
25/29 janv. :	Anauel
30 janv./3 fév. :	Mehiel

ANGES

Archange :	Gabriel
4/8 fév. :	Damabiah
9/13 fév. :	Manakel
14/18 fév. :	Eyael
19/23 fév. :	Habuhiah
24/28 fév. :	Rochel
1er/5 mars :	Jamabiah
6/10 mars :	Haiaiel
11/15 mars :	Mumiah

Les protections angéliques

Chacun des soixante-douze anges étant rattaché à un arc spécifique du zodiaque, il est aisé de déterminer celui qui correspond à notre date de naissance.

Et, partant, de savoir quelles protections, aides et assistances particulières il peut nous valoir en fonction de son rôle spécifique.

Du moins est-ce là ce que pensent celles et ceux qui souscrivent à l'approche cabaliste, approche qui nous semble relever de croyances ésotériques plus que d'une véritable spiritualité.

Quoi qu'il en soit, on trouvera ci-dessous les grands axes d'influence et d'inspiration dévolus à chaque ange, étant entendu que les périodes attribuées à chacun sont susceptibles de légers glissements pour faire coïncider pleinement l'ensemble des périodes qui leur sont attribuées avec l'année calendaire.

I – SÉRAPHINS

1) Ehyiah (21/25 mars) : soutient la volonté et favorise la persévérance dans la quête spirituelle. Apporte une aide pour tout ce qui concerne les investigations intellectuelles, scientifiques et artistiques.

2) Jeliel (26/30 mars) : influe favorablement sur la faculté de jugement, calme et éclaire les esprits et favorise l'harmonie familiale.

3) Sitael (31 mars/4 avril) : favorise l'accomplissement de soi dans la vérité et l'honnêteté. Soutient la réalisation des projets les plus nobles en protégeant contre les embûches de toute nature.

4) Elemiah (5/9 avril) : prodigue force, courage et détermination aux entrepreneurs en général, aux artistes et aux voyageurs en particulier. Préserve également la paix intérieure.

5) Mahasiah (10/14 avril) : favorise l'action et préside à l'harmonie intérieure et extérieure dans toutes les entreprises. Joue un rôle positif dans l'élaboration de la pensée et la création artistique.

6) Lelahel (15/19 avril) : aide à développer le sens esthétique et soutient l'homme dans sa quête de l'harmonie amoureuse. Est donc d'un précieux secours pour les artistes.

7) Achaiah (20/24 avril) : apporte ses lumières aux chercheurs dans les domaines de la science et de la spiritualité en leur insufflant la vertu de patience. Concourt également à développer la tolérance et l'intelligence.

8) Cahetel (25/29 avril) : aide à développer les qualités intrinsèques des personnalités et des caractères tout en dispensant énergie et santé. Développe aussi la faculté de connaissance des choses cachées et préside à l'harmonie avec la nature.

II – CHÉRUBINS

9) Haziel (30 avril/4 mai) : incite à la pratique de l'amour total et désintéressé dans une double visée terrestre et spirituelle. Aide également à la réalisation d'entreprise dans une parfaite harmonie avec les autres.

10) Aladiah (5/9 mai) : protecteur de la santé physique et morale, il soutient, conforte et rassure dans tous les instants de la vie, notamment dans le domaine de la vie professionnelle, en donnant les moyens physiques et intellectuels pour atteindre son but.

11) Lauviah (10/14 mai) : veille à l'équilibre physique, mental et spirituel tout en permettant d'acquérir les moyens de s'engager pleinement et profondément – avec sagesse et diplomatie – dans tous les domaines qui requièrent réflexion et création.

12) Hahaiah (15/19 mai) : favorise tout autant le sens de l'analyse que l'inspiration créatrice. Son aide est notamment précieuse pour mener à bien ses projets en dépit des écueils et des impondérables. Donne enfin la clé de certains songes.

Le mouvement éloquent des bras et de de la robe de cet ange témoigne de la force de l'élan qui le pousse vers Dieu

13) Iezael (20/24 mai) : enseigne le sens de l'amour et de la fidélité tant vis-à-vis des époux que vis-à-vis des proches. Par voie d'extension, favorise la paix et l'harmonie entre les hommes dans le plus pur esprit d'accueil et de tolérance.

14) Mebahel (25/29 mai) : développe le sens de l'équité et protège toutes les victimes de jugements iniques. Soutient chacun dans ses entreprises en garantissant contre toute forme de corruption.

15) Hariel (30 mai/3 juin) : aide à exploiter toutes les ressources de disponibilité et d'accueil que chacun possède à des degrés divers, le tout dans un grand esprit de tolérance. Invite également à l'élévation spirituelle et, plus anecdotiquement, confère un don pour l'apprentissage des langues étrangères.

16) Hakamiah (4/8 juin) : insuffle le sens de la sagesse dans toute sa signification, inspirant droiture, franchise et noblesse d'âme. Il donne également les moyens de bien comprendre les autres pour mieux les accueillir dans la vérité même. Protège également des affections d'ordre mental.

III – Trônes

17) Lauviah (9/13 juin) : renforce les vertus de sagesse et d'intuition pour mieux accueillir les messages explicites ou implicites émanant de Dieu. Il développe aussi le sens du respect de l'autre et donne les moyens de comprendre le sens des épreuves qui jalonnent l'existence, permettant ainsi de mieux les affronter et de les dépasser.

18) Caliel (14/18 juin) : inspire l'amour de la vérité et favorise les activités professionnelles liées au domaine de la science et de la recherche. Donne force et constance pour dépasser les difficultés quotidiennes et protège des calomniateurs.

19) Leuviah (19/23 juin) : enseigne la sagesse, la tolérance et la sérénité avec nous-mêmes et dans nos rapports avec les autres. Donne la joie de vivre et soutient la réalisation des projets en protégeant des accidents et des maladies.

20) Pahaliah (24/28 juin) : favorise et soutient l'engagement spirituel dans ses développements les plus exigeants, tout en inspirant la tolérance. Développe les qualités affectives et intellectuelles qu'un tel engagement requiert. Plus anecdotiquement, protège des attaques des calomniateurs.

21) Nelkhael (29 juin/3 juillet) : développe le sens de la justice et de la fidélité, tout en affermissant l'homme dans sa quête de bonté. Donne toutes facilités pour comprendre le mystère des autres et du monde afin de développer un climat d'amour et d'harmonie.

22) Yeiayel (4/8 juillet) : inspire des sentiments aigus de compassion, d'assistance et de solidarité envers les plus démunis. Soutient les actions d'entraide et protège durant les voyages s'ils sont effectivement entrepris dans une réelle intention de rencontre avec l'autre.

23) Melahel (9/13 juillet) : inspire le respect et l'amour de soi, de l'autre et du monde tout en favorisant l'harmonie avec la nature.

24) Hayuiah (14/18 juillet) : inspire la franchise et l'honnêteté tout en favorisant l'analyse personnelle. Protège contre les dangers inhérents à toute entreprise humaine, grâce à quoi chacun – même inconstant ou faible – peut s'engager en toute confiance dans la voie choisie.

IV – Dominations

25) Nith-Haiah (19/23 juillet) : inspire sagesse, grandeur d'âme et désintéressement dans tous les engagements humains (quête spirituelle ou relations interpersonnelles). Favorise également la méditation et suscite des rêves prémonitoires dont il donne les clés de lecture à celui qui le fait.

26) Ahayah (24/28 juillet) : insuffle l'esprit de justice et de vérité à travers un grand sens de la droiture et de l'honnêteté. Assiste et conseille ceux qui, professionnellement ou non, sont amenés à émettre des jugements. Soutient l'être dans sa quête du divin.

27) Yerathel (29 juillet/2 août) : insuffle optimisme, gaieté et joie de vivre en donnant les moyens d'en faire profiter les autres. Soutient les entreprises humaines en protégeant des attaques des jaloux et des méchants.

28) Seheiah (3/7 août) : dispense la sagesse, la prudence et la persévérance indispensables à ceux qui se lancent dans des entreprises de longue haleine. Donne en sus la force, la santé et la résistance mentale et physique, tout en protégeant des accidents, notamment ceux liés au feu.

29) Reuel (8/12 août) : éclaire les consciences sur le chemin de l'élévation spirituelle et inspire discours et prières utiles à l'élévation des âmes.

30) Omael (13/17 août) : favorise l'éclosion du bonheur, de l'harmonie avec les êtres et le monde et préserve la santé. Ouvre les cœurs à un amour fécond dans tous les sens du

terme. Inspire les travaux des chercheurs visant à une meilleure compréhension avec la nature.

31) Yecabel (18/22 août) : insuffle courage et persévérance aux travailleurs, surtout ceux qui sont proches de la nature. Renforce l'équilibre et l'harmonie entre soi, les autres et le monde.

32) Vasariah (23/27 août) : dispense force et vigueur pour surmonter toutes les difficultés de la vie quotidienne en développant un sens aigu de la justice. Ouvre le cœur et l'âme au bonheur.

V – Puissances

33) Yehuiah (28 août/1er septembre) : éclaire les âmes et soutient les consciences dans leur quête spirituelle et leurs actions quotidiennes. Favorise l'altruisme et la philanthropie. Protège les personnalités en charge de responsabilités publiques.

34) Lehahiah (2/6 septembre) : inspire les vertus de justice, de loyauté, de franchise et de fidélité dans tous nos actes. Facilite le contact avec les autres et donne les moyens de préserver l'harmonie indispensable à toute hiérarchie sociale.

35) Chavakhiah (7/11 septembre) : affermit les consciences et insuffle le sens de la tolérance et du pardon dans tous les actes de la vie sociale et professionnelle.

36) Menadel (12/16 septembre) : inspire l'éveil de la spiritualité tout en favorisant le développement personnel. Insuffle force, courage et persévérance dans tout ce qui touche au domaine du travail.

37) Aniel (17/21 septembre) : conforte le sens moral et affermit la volonté sur les chemins de la quête spirituelle en inspirant des actes d'amour. Permet également de prendre conscience de ses errements et de ses erreurs.

38) Haamiah (22/26 septembre) : guide les esprits dans leur quête de la vérité, de beauté et d'amour en donnant les moyens de ne pas succomber aux passions. Protège également contre de nombreux dangers.

39) Rehael (27 septembre/1er octobre) : protège l'harmonie familiale en inspirant des relations de respect et d'amour. Dispense aussi de nombreux bienfaits en matière d'équilibre et de santé personnels.

40) Yeiazel (2/6 octobre) : favorise l'accueil et l'amour de l'autre tout en dispensant des dons de création artistique plus particulièrement orientés vers la littérature et le dessin. Protège également de l'anxiété, voire de l'angoisse.

VI – Vertus

41) Hahahel (7/11 octobre) : conduit sur la voie de l'excellence spirituelle en favorisant le renoncement aux biens matériels. Inspire l'amour du prochain dans un esprit de tolérance et soutient dans les actes d'altruisme.

42) Mikael (12/16 octobre) : inspire le sens de l'harmonie, insuffle l'esprit de justice et protège plus particulièrement toutes les personnes engagées dans des entreprises d'ordre politique.

43) Yoliah (17/21 octobre) : insuffle courage et volonté dans tous les combats menés pour la paix, la justice et la liberté. Éclaire les personnes en charge de responsabilités d'ordre politique.

44) Yelahiah (22/26 octobre) : assiste dans toutes les épreuves quotidiennes en donnant les moyens d'éclairer les autres pour la réalisation de nobles objectifs. Protège également contre toute forme d'injustice.

45) Sehaliah (27/31 octobre) : soutient en toute occasion, surtout aux instants les plus difficiles, en donnant les moyens de persévérer dans le droit chemin. Confère de la noblesse d'âme et incite à prendre soin d'autrui.

46) Ariel (1er/5 novembre) : favorise la concrétisation des projets en multipliant nos ressources et en développant nos forces. Confère, en outre, un réel pouvoir d'intuition et adresse des rêves prémonitoires aisément compréhensibles.

47) Asaliah (6/10 novembre) : attire l'esprit vers les plus hautes sphères de la spiritualité tout en éclairant notre

L'Église, symbolisée par un haut dignitaire, est littéralement soutenue et assistée par un ange situé juste au-dessus d'elle. Cette entité lui inspire à l'évidence la bonne parole, tandis que de hideux diablotins tendent – vainement – de désigner son témoignage en s'emparant de ses livres (d'après une gravure sur bois du Livre des persécutions des Chrétiens, XVIe *siècle, in* La vie des saints, *Librairie de Firmin-Didot et Cie, 1887)*

conscience et notre intelligence des êtres et des choses. Permet ainsi de résoudre avec succès des problèmes d'ordre juridique ou psychologique.

48) Mihael (11/15 novembre) : inspire les sentiments d'amour, de paix et de bonté en veillant particulièrement au respect et à l'harmonie du couple. Favorise également la fécondité et protège de bien des dangers.

VII – Principautés

49) Vehuel (16/20 novembre) : dispense lumière, joie et sérénité grâce auxquelles il est plus aisé de se parfaire et d'aller vers les autres dans un double mouvement d'altruisme et d'élévation spirituelle.

50) Daniel (21/25 novembre) : insuffle un fort sentiment de justice en donnant les moyens intellectuels, juridiques et oratoires pour le faire triompher. Raffermit par ailleurs les âmes et les caractères pour mener à bien ce combat d'équité.

51) Hahasiah (26/30 novembre) : éclaire sur les mystères de la nature qu'il est dès lors possible d'utiliser pour aider, soigner et guérir les autres. Et ce dans un pur esprit d'amour, de partage et de compassion.

52) Imamiah (1er/5 décembre) : raffermit les âmes, les esprits et les consciences dans toutes les épreuves de la vie quotidienne. Inspire le souci d'autrui et protège, par ailleurs, dans tous les déplacements et voyages.

53) Nanael (6/10 décembre) : soutient les défenseurs de la justice dans leurs études, recherches et réflexions pour favoriser le triomphe de l'équité. Inspire de bons jugements et dispense courage, tolérance et persévérance.

54) Nithael (11/15 décembre) : favorise l'équilibre personnel et l'harmonie avec autrui. Soutient dans les moments difficiles et aide à gravir l'échelle sociale par la qualité de son travail.

55) Mebahiah (16/20 décembre) : insuffle force, courage et détermination pour mener à bien les plus nobles ambitions, tant

dans la vie personnelle que dans la vie sociale et professionnelle, dans un constant esprit de charité. Protège également l'équilibre et l'harmonie familiales.

56) Poyel (21/25 décembre) : veille sur notre droiture, notre bien-être – tant spirituel que physique et mental –, nos proches et nos entreprises. Éveille également aux bienfaits de l'amour universel.

VIII – ARCHANGES

57) Nemamiah (26/30 décembre) : apprend les vertus de générosité et de grandeur d'âme tout en veillant sur notre équilibre et notre santé. Développe également notre intelligence pour mener à bien les projets les plus altruistes. Protège enfin ceux qui sont en charge de responsabilités sociales ou politiques.

58) Yeiaiel (31 décembre/4 janvier) : affermit l'âme, l'esprit et le corps dans les moments de douleur ou d'adversité tout en développant notre compréhension des êtres et des choses pour nous permettre de réussir nos entreprises et d'assister au mieux notre prochain.

59) Harahel (5/9 janvier) : affermit l'intelligence et développe les capacités d'apprentissage tout en conférant honnêteté, sagesse, patience et persévérance, toutes qualités utiles pour réussir les plus nobles projets.

60) Mitzrael (10/14 janvier) : favorise la réussite dans les différentes sphères de la vie professionnelle en donnant les moyens spirituels, intellectuels et pratiques pour parvenir au meilleur résultat. Guérit les maladies d'ordre neurologique ou psychique.

61) Umabel (15/19 janvier) : développe la sensibilité et l'intelligence, favorisant tout à la fois les relations harmonieuses avec autrui et l'étude des sciences exactes. Protège les grandes amours.

62) Iah-Hel (20/24 janvier) : favorise la méditation et la contemplation nécessaires à l'engagement le plus profond dans

la vie spirituelle. Enseigne également les secrets de l'harmonie et les vertus de la paix universelle.

63) Anauel (25/29 janvier) : éveille à la foi sans pour autant détacher des contingences humaines. Veille sur l'équilibre et l'harmonie tout en préservant des accidents et des maladies. Donne enfin courage et persévérance dans la réalisation de projets professionnels.

64) Mehiel (30 janvier/3 février) : développe le sens de la communication orale et écrite et soutient dans toute œuvre d'enseignement, quelle que soit la matière. Protège, en outre, des influences néfastes.

IX – Anges

65) Damabiah (4/8 février) : éveille aux vertus de sagesse, de bonté et d'amour en donnant les moyens de lutter contre les « démons intérieurs ». Incite à l'action commune et au partage. Protège enfin les marins et les voyageurs.

66) Manakel (9/13 février) : assiste l'homme dans sa vie personnelle, sociale et professionnelle en lui permettant d'exploiter et de développer au mieux les capacités personnelles. Protège, en outre, de la colère divine, des maladies et autres accidents.

67) Eyael (14/18 février) : éveille à la joie de la vie spirituelle et de la perfection de soi tout en nous soutenant à travers les épreuves. Nous gratifie d'une sérénité propice à la méditation.

68) Habuhiah (19/23 février) : pousse à agir au mieux de nos capacités dans tous les instants de la vie quotidienne en nous assurant constance et détermination. Veille particulièrement sur ceux qui travaillent dans les domaines de l'agriculture et de l'élevage. Protège la santé des enfants.

69) Rochel (24/28 février) : donne clairvoyance et lucidité à toutes celles et tous ceux qui, ponctuellement ou professionnellement, sont amenés à faire triompher la justice. Aide à réaliser une parfaite harmonie entre biens matériels et richesse spirituelle.

70) Jamabiah (1er/5 mars) : confère à chacun les moyens de réussir sa vie professionnelle, quel que soit le secteur d'activité. Incite au partage et à la générosité à travers une véritable démarche spirituelle, et protège des blessures et maladies.

71) Haiaiel (6/10 mars) : protège en tous instants tout en donnant force et courage pour affronter les épreuves quotidiennes en faisant clairement la part du bien et du mal. Favorise l'établissement de la paix à tous les niveaux.

72) Mumiah (11/15 mars) : Favorise la pleine réalisation de soi dans la vie personnelle, sociale et professionnelle et protège la santé physique et mentale. Éveille également à la vie spirituelle dans l'échange, le partage et la solidarité.

Prier directement les anges ?

Contrairement à ce qui est enseigné dans les Écritures – Bible, Nouveau Testament et textes pauliniens (Épîtres notamment) –, les anges de la Cabale peuvent faire l'objet de prières. Dans la grande tradition ésotérique, il serait même possible d'entrer directement en contact avec eux. Pour ce faire, un vaste arsenal de rituels a été progressivement mis en place, dont les différents « outils » sont les couleurs, les bougies et les parfums, assortis d'invocations spécifiques.

En pratique, le rituel se déroule de façon quasi immuable, quelle que soit l'entité choisie : appel nominatif de l'ange, récitation de psaumes spécifiques, invocations et rituel proprement dit s'appuyant notamment sur :

– la visualisation de la couleur associée à la catégorie à laquelle l'entité céleste appartient, or pour les séraphins, argent pour les chérubins, indigo pour les trônes, bleu pour les dominations, rouge pour les puissances, orange pour les vertus, jaune pour les principautés, violet pour les archanges et vert pour les anges ;

– l'allumage d'une bougie ou d'un cierge dont la couleur est déterminée en fonction du corps auquel appartient l'ange invoqué (teinte qui n'est pas forcément identique à celle à laquelle

il est fait référence en matière de visualisation : blanc pour les séraphins, bleu nuit pour les chérubins, gris ou noir pour les trônes, bleu azur pour les dominations, rouge pour les puissances, jaune pour les vertus, vert pour les principautés, vert, bleu ou jaune pour les archanges, et blanc pour les anges) ;

– la dispersion de parfums également choisis en fonction des corps auxquels appartiennent les différentes entités interpellées. Et c'est là que les choses se compliquent, les ingrédients utilisés pour confectionner les différentes senteurs (benjoin, myrrhe, oliban, santal, styrax, etc.) n'étant pas très communs, et les règles de préparation (qui doivent respecter des proportions très strictes) n'étant pas très faciles à réaliser.

Si l'élan spirituel n'est pas forcément absent de telles pratiques – bien qu'il se trompe à l'évidence de « cible » –, il ne saurait s'y résumer sans être, du coup, doublement sujet à caution. Or la prépondérance d'un rituel fonctionnel d'inspiration purement magique semble la plupart du temps l'emporter dans ce genre de démarche, qui de l'invocation première glisse bientôt à la convocation. On peut donc légitimement douter que les anges, serviteurs, soldats et messagers exclusifs de Dieu, se laissent séduire par de telles pratiques.

Anges et pierres précieuses[3]

Une certaine tradition associe les pierres précieuses, considérées comme la représentation parfaite de la perfection divine en raison même de leur pureté naturelle indestructible, aux anges. Comme elles se différencient des autres minéraux par leur nature même, ils transcendent la multitude des humains.

Ce rapport établi entre les anges et les pierres précieuses prend racine dans la Bible elle-même, comme en témoigne l'extrait suivant consacré à la gloire perdue de Lucifer :

> Tu étais en Éden, le jardin de Dieu.
> Tu étais couvert de toute espèce de pierres précieuses, sardoine,

3. Informations extraites de *Pouvoirs et magie des pierres précieuses*, de L. Tuan, Zachariel et H. H. Védrine, Éditions De Vecchi.

topaze, diamant, chrysolite, onyx, jaspe, saphir, escarboucle, émeraude, d'or étaient travaillées tes pendeloques et tes paillettes ; tout cela fut préparé au jour de ta création. Toi, j'avais fait de toi un chérubin protecteur aux ailes déployées » [...] / (Ézéchiel, (XXVIII, 13-14)

Mais l'on peut également citer ce passage dans lequel Abraham, devenu vieux et pleurant sur sa mort prochaine, vit ses larmes transmuées en pierres précieuses par saint Michel archange.

Dans la grande hiérarchie angélique, chaque catégorie possède également ses couleurs et ses pierres spécifiques :

– les séraphins sont rouges, couleur feu. Leur pierre est la sardoine, qui reflète les influences cosmiques et fait fuir les démons ;

– les chérubins sont couleur soleil et composés d'éther et de feu ; ils affectionnent la blonde topaze, douée d'une occulte puissance et symbole de justice ;

– les trônes dérivent des chérubins. Leur pierre est le jaspe, rouge et vert, dissolvant universel des venins psychiques et spirituels ;

– les puissances combattent les démons. Leur pierre est l'onyx, blanc et noir, lumière et ténèbres, symbole du Bien et du Mal ;

– les archanges sont presque toujours représentés en militaires, portant le plus généralement lance et bouclier. Leur chef est le « prince d'Israël, Michel ». Leur pierre désignée est le rubis, symbole de l'ardeur guerrière, du pouvoir et de la victoire ;

– les anges ont pour pierre l'émeraude, à double nature, faste et néfaste, dédiée à Vénus, déesse de l'amour, mais aussi gemme de la connaissance du Bien et du Mal (ce Mal choisi par Lucifer, le plus beau des anges) ;

– les vertus représentent la synthèse des quatre éléments. Leur pierre est le saphir, symbole de sagesse, clarté divine, couleur d'espérance et puissant talisman contre le mauvais œil. Dans la Bible, il est dit que le trône de Yahvé est fait d'une pierre de saphir.

Si le diamant est absent, c'est que sa brillance et sa dureté exceptionnelles – symboles de perfection ultime – en font la pierre exclusivement dévolue à Dieu. De sa lumière primordiale jaillit toute la création (ce qui est tout à fait logique, puisque le blanc originel contient en lui toutes les couleurs du prisme). Puissance à l'état pur, cristal sacré et minéral vivant, il représente l'axe du monde, la réalité absolue.

La présence des pierres précieuses dans le Coran est tout aussi remarquable. À preuve le magnifique château de Casser-Il-Harais, situé sur les bords du fleuve Aggiala, dont la tradition rapporte que Mahomet posa la première pierre, aux murs et au mobilier incrustés de pierres précieuses : émeraudes, topazes, rubis. La plume même dont Mahomet se servit pour écrire les douze derniers chapitres du Coran était, dit-on, conservée par ses fidèles dans une boîte de cristal de roche enrichie d'émeraude, la pierre des anges guerriers ou messagers.

Les figures emblématiques des anges ont largement été exploitées dans les accessoires religieux. À preuve ce joli porte-cierge (art polonais) (© John Pole/Alpha Oméga)

Les anges dans les expériences de prémort

Tout un courant de l'angélologie contemporaine est sous-tendu par l'étude des phénomènes de prémort (traduction de l'expression américaine *Near Death Experience* ou NDE) rapportés par des hommes et des femmes qui, déclarés cliniquement morts et revenus « miraculeusement » à la vie, témoignent de ce qu'ils ont vu, éprouvé et vécu. Méthodiquement rassemblées et étudiées depuis plus d'une vingtaine d'années par un chercheur américain, Raymond A. Moody, ces « confessions » ne cessent d'interroger.

Une succession d'étapes clés

Aussi singuliers qu'ils soient, ces différents témoignages présentent de grandes similitudes tant sur le déroulement de l'« expérience » proprement dite que sur les impressions et sentiments éprouvés par ceux qui l'ont connue. Au point que les disparités relevées entre eux – absence de telle ou telle étape spécifique, sensations particulières et autres détails– apparaissent tout à fait négligeables eu égard à la somme des points de convergence.

En règle générale, l'expérience de prémort s'articule autour des principaux axes suivants[4] :

– Incertitude et incommunicabilité : non-conscience de se trouver face à la mort ; questionnement sur le sens et la nature de l'expérience ; perception des pensées et sentiments de ceux

4. Informations tirées pour l'essentiel de l'ouvrage très complet de L. Pavesi : *Au-delà de la vie*, Éditions De Vecchi.

qui entourent le corps (médecins, parents, amis, etc.) ; contact physique avec eux ; sensation de bonheur intense éloignant tout sentiment de peur, d'anxiété ou d'angoisse.

– Disparition de la douleur physique.

– Sortie hors du corps : impression survenant généralement au moment où le sujet est déclaré cliniquement mort, avec sensation effective de se détacher de son corps, au mépris de toutes les lois de la gravitation ; sentiment aigu de poursuivre sa vie dans une enveloppe purement spirituelle quoique toujours apparentée à une silhouette ; disparition de la notion de temps ; déplacements instantanés dans l'espace sous la seule impulsion du désir.

Que de respect et de compassion chez cet ange serviteur qui tient entre ses mains la couronne d'épines du Christ sauveur

– Passage de l'obscurité à la lumière : sensation de poussée ou d'aspiration dans un vide obscur (tunnel, espace, passage d'une porte…) assortie de bruits divers avec retour d'un sentiment de crainte et de désorientation ; apaisement rapide à l'apparition d'une « lumière merveilleuse ».

– Rencontre avec des êtres spirituels : découverte d'un paysage harmonieux, baignant dans une lumière idéale ; environnement musical très doux ; rencontre avec des êtres lumineux, souriants et pleins d'amour (êtres inconnus, parents, amis décédés), qui s'imposent comme guides et conseillers, accompagnant vers une lumière plus grande encore. Ineffable sensation d'amour universel.

– Rencontre avec l'être de lumière qui irradie plus que tout autre et dispense spontanément apaisement, amour et chaleur.

– Examen de sa propre vie : vision détaillée de tous les instants de son existence passée selon un film d'une extrême fidélité avec découverte des sentiments éprouvés par ses proches lors des moments terrestres partagés autrefois avec eux.

– Refus d'un retour sur terre : désir intense de demeurer dans le lieu paradisiaque et « révolte » contre l'idée – ou l'ordre – d'un retour sur terre émis par l'être de lumière, un parent, un ami. Plus rarement, demande personnelle du « prémort » de retourner finir sa vie sur terre pour aider un proche ou réparer ses propres fautes.

– Réintégration du corps physique : sensation de descente plus ou moins douloureuse, réintégration du corps et reprise de contact avec la réalité terrestre.

Il est bien évidemment assez rare de recueillir des témoignages faisant clairement état des différentes étapes successives décrites ci-dessus, la plupart d'entre eux n'en mentionnant qu'une, voire quelques-unes.

Parmi ces différents témoignages, ceux qui nous intéressent plus particulièrement sont ceux qui évoquent la rencontre avec des « êtres spirituels » et avec l'« être de lumière ». Car, au-delà même des « visions » évoquées, ces récits nous paraissent d'autant plus touchants qu'ils sont marqués du triple sceau de la paix, de l'amour et du bonheur. Trois sentiments qui – alliés à la perception d'une lumière sans cesse plus douce, plus forte et plus radieuse – font, pour les chrétiens, naturellement écho aux passages de l'Écriture traitant de Dieu et des anges (est-il besoin de dire que chacun réagit ici en fonction de sa culture religieuse, les musulmans reconnaissant Allah, les bouddhistes, Bouddha, etc.).

Nous ne nous aventurerons pas plus loin sur ce sujet, laissant à chacun le choix de juger de l'intérêt de telles expériences et de tels témoignages qui, soit dit en passant, n'apportent rien aux véritables croyants.

Anges chantant la gloire du Christ ressuscité. (Laurent de la Hyre, 1656 Musée de Grenoble) (© John Pole/Alpha Oméga)

Prier pour l'intercession des anges

Si les invocations directement adressées aux anges s'assimilent, de près ou de loin, à une forme de polythéisme larvé, les prières adressées à Dieu pour Lui demander l'aide de Ses serviteurs constituent une démarche tout à fait acceptable. Ce que stipulent d'ailleurs de nombreux passages des textes sacrés sur lesquels se fondent le christianisme comme l'islam. Les Pères de l'Église – et, avec eux, les penseurs et autres créateurs – l'ont bien compris, qui n'ont cessé de renvoyer le « priant » à Dieu tout en soulignant le rôle important que peuvent jouer les entités célestes dans la vie terrestre des hommes. C'est dans cette optique que se situe tout particulièrement le christianisme en considérant que, à la suite de l'incarnation de Dieu en la personne de Jésus-Christ, la relation entre l'homme et la divinité n'a pas à passer par l'entremise d'êtres intermédiaires, aussi saints soient-ils. Ceci étant, il n'est pas interdit – bien au contraire, même – de demander l'intercession des anges pour s'affermir spirituellement sur la route qui mène à Dieu. Dans ce cas, le « priant » s'adresse directement à Dieu, Lui demandant d'intervenir par l'intermédiaire de Ses serviteurs célestes. La nuance est de taille. C'est dans cette ligne que se situent les exemples de prières que nous présentons ci-après, extraites de différents auteurs à travers l'histoire.

Prières aux anges

Prière pour la protection contre les forces obscures (Prière médiévale)

Seigneur, envoie tous les saints anges et archanges.
Envoie le saint archange Michel,
le saint Gabriel, le saint Raphaël

pour qu'ils soient présents, défendent
et protègent Ton serviteur,
Toi qui l'as façonné, à qui Tu as donné une âme
et pour lequel Tu as daigné prodiguer Ton sang.
Ils le protègent,
l'illuminent quand il est éveillé ou quand il sommeille,
ils le rassurent et lui donnent confiance
face aux manifestations diaboliques :
qu'aucun être doté d'un pouvoir malin
ne puisse entrer un jour en lui,
n'ose offenser ou blesser son âme,
son corps, son esprit,
le terrifier ou l'inciter à la tentation.

Plus particulièrement orientée sur l'intervention protectrice des trois archanges de la Bible, cette prière appelle Dieu à conforter Ses armées célestes dans la protection – corps et âme – de Ses créatures terrestres. Les anges ne sont donc bien sollicités, ici, qu'en tant que serviteurs de Dieu, et la demande d'assistance qui leur est adressée se réfère à leurs pouvoirs en tant que puissance de Dieu à l'œuvre.

PRIÈRE DE L'ÉGLISE ANGLICANE

Ô Seigneur Dieu éternel,
qui as commandé et constitué le service des anges
et des hommes dans un ordre merveilleux ;
fais que, comme les saints anges Te servent toujours dans le Ciel,
ils puissent en Ton nom nous aider
et nous défendre sur la Terre.
Par Jésus-Christ, Notre-Seigneur.
Amen.

Le recours direct à Dieu est particulièrement patent dans cette prière, qui L'invite à répandre Son amour et Ses bienfaits par l'action des anges soumis à Sa volonté.

PRIÈRE AU SAINT ANGE GARDIEN (XIXe SIÈCLE)

Ô saint ange, que Dieu, par un effet de Sa bonté sur moi, a chargé du soin de ma conduite, vous qui m'assistez dans mes afflictions, qui me soutenez dans mes découragements, et qui m'obtenez sans cesse de nouvelles faveurs, je vous rends de très humbles actions de grâces,

et je vous conjure, aimable protecteur, de me continuer vos charitables soins, de me défendre contre tous mes ennemis, d'éloigner de moi les occasions du péché, de m'obtenir que je sois docile à écouter vos inspirations et fidèle à les suivre, de me protéger de l'heure de ma mort, et de ne point me quitter que vous ne m'ayez conduit au séjour du repos éternel. Ainsi soit-il.

Élaborée à la fin du XIXe siècle, à une époque où l'ange gardien tenait une place importante dans le catéchisme, cette prière reprend à son compte la grande tradition protectrice attribuée aux entités célestes en général, et aux anges gardiens en particulier. Elle faisait partie d'un recueil de textes (prières et méditations) conçu pour accompagner le chrétien dans sa vie quotidienne, le jour de sa récitation étant le mardi. On remarquera par ailleurs que cette prière est composée d'une seule et unique phrase qui réunit dans le même souffle Dieu, l'ange et l'homme, restituant ainsi l'esprit d'alliance propre au christianisme.

Prières liturgiques

Ô Dieu, qui appelles les anges et les hommes à travailler à Ton dessein de salut, à nous qui sommes les pèlerins de la terre, concède la protection des esprits béats bienheureux qui se trouvent avec Toi dans le ciel et contemplent la gloire de Ton visage. Par Jésus Notre-Seigneur.

Nous proclamons, Seigneur, Ta gloire, qui resplendit dans les anges et dans les archanges ; en honorant Tes messagers, nous exaltons Ta bonté infinie ; par les esprits bienheureux, Tu nous révèles combien Tu es grand et aimable au-dessus de toute autre créature. Par Jésus Notre-Seigneur.

Ô Dieu, qui dans Ta mystérieuse providence envoie du ciel Tes anges pour nous garder et nous protéger, fais que sur le chemin de la vie nous puissions être soutenus par leur aide et parvenir avec eux à la joie éternelle. Par Jésus Notre-Seigneur.

Visite, Seigneur, notre demeure et éloigne les pièges de l'ennemi infernal ; que Tes anges saints nous protègent dans la paix et que soit toujours sur nous Ta bénédiction. Par Jésus Notre-Seigneur.

Hymne du bréviaire (matines et vêpres)
(pour la fête des anges gardiens, le 2 octobre)

Nous chantons les anges gardiens des hommes,
Dont le Père du ciel

Fit les compagnons de notre fragile nature,
De peur qu'elle ne succombe aux pièges des ennemis.
En effet, parce que l'ange de la trahison est tombé,
Justement chassé des honneurs,
Il s'efforce avec une violente jalousie d'en chasser
Ceux que Dieu appelle au ciel.
Vers nous donc, ô gardiens, volez avec vigilance,
Détournez du pays qui vous est confié
Aussi bien les maladies de l'âme
Que tout ce qui s'oppose au repos de ses habitants.
Pieuse louange, sans cesse, soit à la sainte Triade,
Dont la puissance dirige continuellement
Le triple édifice de ce monde,
Et dont la gloire règne dans tous les siècles.
Amen.

Dans cet hymne, l'ange gardien est invoqué non seulement pour renforcer l'engagement spirituel de celui dont il a la charge, mais aussi pour lui apporter les bienfaits indispensables – moyens de lutter victorieusement contre les tentations du démon, éloignement des maux et maladies du corps et de l'esprit, etc. –, propres à lui faire goûter le bonheur et la paix de Dieu.

On remarquera en outre le rapport explicite institué entre la triade archangélique – Gabriel, Michel, Raphaël – et la triade divine – Père, Fils et Saint-Esprit.

Oraisons du missel
(pour l'office des saints anges gardiens, fêtés le 2 octobre)

Ô Dieu qui, dans Votre ineffable providence, daignez charger Vos saints anges de notre garde, accordez à ceux qui Vous supplient d'être toujours défendus par leur protection et de jouir de leur compagnie dans l'éternité. Par Notre-Seigneur.

Offices des saints anges gardiens (matines et laudes)

Ouvrez, mon Dieu, ma bouche en faveur des saints anges.
Nous mêlerons nos voix en chantant Vos louanges.
Venez à mon secours, mon Dieu, mon Créateur.
Embrassez de Vos feux mon esprit et mon cœur.
Que la gloire, grand Dieu, qui toujours Vous est due,
Vous soit, comme à jamais, présentement rendue.

(Hymne)
Anges saints, à qui Dieu commet notre défense,
Qui servez aux mortels d'asile et d'escadron,
Aidez-nous puissamment, et faites résistance,
Par un effort contraire à celui du démon.

(Antienne)
Saints anges, nos très aimables gardiens, combattez en notre faveur, de peur que nous ne soyons condamnés au Jugement de Dieu.
Je chanterai Vos grandeurs en la présence de Vos anges, mon Dieu :
Je Vous adorerai en Votre temple, et j'y bénirai Votre saint Nom.

(Oraison)
Mon Dieu, qui par Votre providence ineffable daignez envoyer Vos anges pour nous garder, faites-nous la grâce d'être toujours sous leur protection, et de Vous bénir dans le ciel avec eux : par les mérites de Notre-Seigneur Jésus-Christ Votre Fils, qui vit et règne avec Vous dans l'unité du Saint-Esprit, pour tous les siècles des siècles. Amen.

De facture assez ancienne, ces différentes prières, prononcées lors de l'office de la fête des anges gardiens, ont pour particularité d'être rimées, comme c'était souvent le cas autrefois. Manière, sans doute, d'utiliser la musique de la phrase pour restituer l'harmonie recherchée avec les créatures supérieures de Dieu, garantes aux yeux du croyant de la perfection de l'univers divin.

Prières pour l'intercession des anges

Notre ange, protecteur et allié,
recueille et transforme nos pensées d'amour.
Ouvre les portes entre ton monde de lumière
et notre monde de brouillard.
Guide nos pas sur le pont qui nous unit
et que ce pont devienne large et sûr.
Rapproche tes frères de nous
pour qu'ils écoutent notre appel.
Éloigne le brouillard de la matière
pour qu'ils voient notre envie d'amour
et notre cœur pur.

Laissez les portes ouvertes, pour que, lorsque je vous invoque,
on puisse vous sentir proche.
Avec votre aide,

qu'il nous soit donné de protéger, de consoler, de guérir.
Qu'il nous soit donné d'aider celui qui souffre
dans son corps et dans son esprit.
Votre présence comme guide étend notre connaissance,
parce que connaître, c'est servir.

Considéré comme guide spirituel d'autant plus convaincant qu'il est pleinement animé de l'amour et de la mansuétude de la divinité qu'il sert sans compter, l'ange est ici invoqué comme un véritable « compagnon » dont la pureté même sert de modèle au croyant.

Le culte des anges gardiens

L'apparition d'un culte spécifiquement rendu aux anges gardiens ne date que de cinq siècles. C'est en effet à cette époque que François d'Estaing, évêque de Rodez, jeta les bases d'une fête qui leur soit officiellement dévolue (il proposa alors la date du 1er mars ; cette fête est aujourd'hui fixée au 2 octobre). Souscrivant à sa requête, le pape Léon X officialisa la fête en promulguant une bulle dont nous extrayons ci-après le passage le plus significatif.

BULLE *ADMONET NOS* DU PAPE LÉON X (18 AVRIL 1518) (EXTRAITS)

[…] Dans le nouveau calendrier, il [François d'Estaing] a ajouté la fête du propre ange de chaque fidèle, en la fixant au 1er mars, et a prescrit la récitation et l'observation, pour chaque année à pareil jour, depuis les premières vêpres, y compris la messe solennelle, d'un office spécial composé et édité par les soins de son cher fils Jean Colombi, évêque de Troie, de l'ordre des Frères mineurs et professeur de théologie, ainsi qu'il est relaté plus au long dans des pièces authentiques réunies en forme de brochure.
C'est pourquoi, de la part du même François, évêque, nous avons été humblement supplié de daigner, par une faveur de notre bienveillance apostolique, pour leur donner une valeur plus ferme, ajouter à ces réductions, réforme, édition, institution, lettres et écrits, la force de notre confirmation apostolique. Nous donc, […] après avoir expressément approuvé toutes les lettres et écrits rédigés sur ce sujet, faisant droit très volontiers à ces supplications, de notre autorité apostolique et par la teneur des présentes, approuvons et

> confirmons la réforme, le changement, l'addition et l'institution de la fête et de l'office du propre ange, ainsi que tous et chacun des points contenus dans ces lettres et ces écrits, et nous y ajoutons la garantie d'une perpétuelle valeur [...].
> Qu'il ne soit donc permis à personne d'aller contre nos présentes absolution, approbation, confirmation, addition et supplétion, etc.
> Donné à Rome, à Saint-Pierre, l'an de l'Incarnation du Seigneur 1518, à la veille des ides d'avril, de notre pontificat le sixième. »

Après quoi l'évêque François d'Estaing fut en mesure d'inscrire officiellement la fête de l'ange gardien dans le canon liturgique. Voici son texte.

> Telle est la dignité de nos âmes, que chaque homme dès le premier moment de sa naissance reçoit un ange délégué à sa garde, et ainsi la nature humaine, qui par ses fautes avait perdu le droit de la félicité éternelle, se trouve placée sous la tutelle des saints anges et arrive, par leur secours, au royaume éternel. Mû par ces considérations, nous avons trouvé convenable et nécessaire de ne pas borner nos hommages à la Toute-Puissance divine qui régit ce monde, à la Vierge Marie mère de Dieu, mais de les adresser aussi à Ses fidèles serviteurs les anges, qui se réjouissent de notre conversion et la célèbrent par des jours de fête, dit le saint Évangile, mais surtout aux très saints esprits que nous savons être députés à notre sauvegarde, qui veillent sur nous pendant notre sommeil, nous assistent dans notre prière, nous défendent sur terre et sur mer, purifient notre esprit et notre corps, nous provoquent à la vertu, élèvent nos pensées vers Dieu, nous consolent dans nos peines et nos épreuves, quand nous sommes sous les étreintes de la maladie et de la mort prochaine, nous font visite, nous fortifient, nous défendent contre l'esprit du mal, et après nous avoir donné la victoire, nous accompagnent au ciel ou au purgatoire. Sans ce recours providentiel, l'infirmité humaine ne saurait être en sécurité.
> C'est pourquoi nous voulons honorer par une fête solennelle, par une tendre dévotion et des sacrifices, ceux dont le Dieu tout-puissant se sert pour l'exécution de Ses volontés. Après avoir institué autrefois, quand nous nous occupions de la réforme du calendrier, la fête de l'ange propre et avoir obtenu pour elle la confirmation apostolique, poursuivant aujourd'hui cette pieuse entreprise, nous voulons, d'accord avec notre chapitre, que cet office soit un office canonial ; il sera porté avec ce titre sur la table du chœur et tous les ans sera célébré par un des archidiacres, ou le chantre, ou le sacriste, ou l'ovrier, ou l'un des chanoines.

Une messe inaugura cette dévotion le 3 juin 1526.

À signaler que l'évêque François d'Estaing consacra une chapelle dévolue à l'ange gardien dans la cathédrale de Rodez.

Il faudra toutefois attendre le concile de Reims (1853) pour que le culte rendu aux anges gardiens soit universellement et définitivement officialisé, et que la date du 2 octobre soit arrêtée.

Autres citations papales

Pie VI (1717-1799)

Vénérables Frères, salut et bénédiction apostolique.
Dieu le Père des miséricordes, parmi les marques frappantes et sans nombre qu'Il nous a données de Sa bonté infinie, a surtout manifesté Sa charité immense envers le genre humain, lorsque, considérant notre extrême faiblesse, Il a commandé à Ses anges de prendre soin de nous en toutes nos démarches, de nous porter même entre leurs mains, de peur que nous ne heurtions le pied contre la pierre, et d'être nos défenseurs dans tous les combats, afin que nous n'en devenions pas de tristes victimes. Nous, donc, pour procurer le salut des âmes qui nous ont été confiées, et pour exciter et augmenter la vénération et l'amour des fidèles envers leurs saints anges, le respect qu'ils doivent avoir pour leur présence, leur dévotion pour leur bienveillance, et leur confiance pour le soin qu'ils prennent de nous, animés d'une charité paternelle, nous ouvrons le trésor des dons célestes dont la dispensation nous est confiée, afin d'exciter par là avec plus de ferveur les chrétiens à la dévotion envers ces mêmes anges gardiens. [...]
C'est pourquoi, nos vénérables Frères, nous vous prions et exhortons dans le Seigneur, d'enjoindre à tous les supérieurs des églises, tant cathédrales que paroissiales, d'instruire par eux-mêmes, ou de faire instruire par d'autres, tous les fidèles commis à leurs soins, sur la dévotion qu'ils doivent à leurs anges gardiens, chargés de soutenir et de fortifier notre faiblesse, afin de remporter la victoire dans tous les combats de la vie ; de conserver la foi, et d'acquérir la couronne de justice ; de les animer à réciter l'oraison : ange de Dieu, qui êtes mon gardien, vous à qui la divine bonté m'a confié, éclairez-moi aujourd'hui, gardez-moi, dirigez-moi, protégez-moi. Amen. Enfin, nos vénérables Frères, nous vous accordons à tous l'effusion de notre cœur, notre bénédiction apostolique.
Donné à Rome à Sainte-Marie-Majeure, sous l'anneau du pécheur, le 20 septembre de l'an 1796, et le vingt-deuxième de notre pontificat.

PIE XI (1857-1939)

(DISCOURS À DES ENFANTS, 10 SEPTEMBRE 1934)

L'ange gardien n'est pas seulement présent, mais sa compagnie déborde de tendresse et d'amour ; ce qui requiert encore de notre part à son égard un amour fait de tendresse, c'est-à-dire de dévotion. [...] La dévotion s'actualise dans la pratique de la prière de chaque jour, en invoquant son ange au début et à la fin de chaque journée, mais aussi tout au long de la journée.

JEAN XXIII (1881-1963)
(DISCOURS, 2 OCTOBRE 1960)

Chacun de nous a son ange gardien personnel, avec lequel il peut converser de même qu'avec les anges gardiens des autres.
Voici le 2 octobre, la fête des saints anges gardiens. [...] Sur la foi de tout ce qu'enseigne le catéchisme romain, nous allons rappeler combien est admirable la disposition de la divine providence, qui a confié aux anges l'office de veiller à ce que le genre humain et chaque être humain ne soient pas victimes de graves périls. [...] Que la dévotion aux saints anges nous accompagne donc toujours.

Dans son aura de blancheur immaculée générée par la gloire christique, cet ange restitue superbement l'insondable mystère de la résurrection (Laurent de la Hyre, France) (© John Pole/Alpha Oméga)

JEAN-PAUL II (NÉ EN 1920)
(ROME, 6 AOÛT 1986)

L'Écriture sainte et la tradition nomment anges ces purs esprits qui dans l'épreuve fondamentale de la liberté ont choisi Dieu, Sa gloire et Son règne. Ils sont unis à Dieu à travers l'amour total qui jaillit de la béatifiante vision de la sainte Trinité. Jésus lui-même le dit : « Les anges aux cieux voient constamment la face de mon Père qui est aux cieux. » [...] Toujours selon la révélation, les anges qui participent à la vie de la Trinité dans la lumière de la gloire sont également appelés à participer au salut des hommes, dans les moments établis par le dessein de la providence divine. [...] L'Église croit et enseigne, sur la base de l'Écriture sainte, que la tâche des bons anges est la protection des hommes et la sollicitude pour leur salut. Nous trouvons ces expressions en divers passages de l'Écriture, par exemple au psaume 91, plusieurs fois cité : « Il a donné pour toi ordre à Ses anges de te garder en toutes voies. Eux sur leurs mains te porteront pour qu'à la pierre ton pied ne heurte. » Jésus lui-même, parlant des enfants et avertissant de ne pas les scandaliser, se réfère à « leurs anges ». Il attribue de plus aux anges la fonction de témoins au suprême jugement divin sur le sort de celui qui a reconnu ou nié le Christ : « Quiconque se déclarera pour moi devant les hommes, le Fils de l'homme à son tour se déclarera pour lui devant les anges de Dieu. »

DE LA DÉVOTION AUX ANGES GARDIENS

La reconnaissance des anges dévolus à la protection de chaque homme et, partant, la nécessité de les prier sont entrées très tôt dans l'enseignement catholique, comme en témoigne notamment le catéchisme romain (catéchisme du concile de Trente, 1566).

Parmi les différentes assertions, on notera l'importance donnée aux anges, dévolus à la garde de l'homme par la grâce de la protection divine.

Fonction première de ces « assistants perpétuels » : « [nous] éviter les embûches secrètement préparées par nos ennemis, repousser les plus terribles attaques dirigées contre nous, [nous permettre de] marcher constamment dans le droit chemin, et empêcher que quelque piège tendu par notre perfide adversaire [le démon] ne nous fasse sortir de la voie qui mène au ciel. »

Dans la même optique, mais avec un souci plus pédagogique, apparaît le catéchisme du diocèse de Dijon (1835), dont le jeu de questions-réponses est on ne peut plus clair sur la position de l'Église à l'égard des entités célestes et sur l'importance d'un dialogue constant avec elles :

> Recevons-nous quelque assistance des saints anges ?
> – Oui, Dieu nous donne à chacun un ange qui prend soin de nous, et que nous appelons, pour cette raison, notre ange gardien.
> – Quels soins nos anges gardiens prennent-ils pour nous ?
> – Ils prient pour nous ; ils offrent à Dieu nos bonnes actions ; ils nous défendent contre les démons, et ils nous protègent contre les dangers.
> – Quels sentiments devons-nous avoir à l'égard de nos anges gardiens ?
> – Des sentiments de reconnaissance, de confiance et de respect.
> – N'avez-vous pas un ange qui vous garde ?
> – Oui, la foi nous apprend que nous avons chacun un ange gardien.
> – C'est donc notre ami, cet ange gardien ?
> – Oui, c'est notre meilleur ami, puisqu'il nous rend les plus grands services.
> – L'aimez-vous bien ?
> – Oui, je l'aime, et j'ai pleine confiance en lui.
> – Lui parlez-vous quelquefois ?
> – Oui, je lui parle, je le prie tous les jours, soir et matin, et pendant la journée.
> – Le remerciez-vous des bons services qu'il vous rend ?
> – Oui, je l'en remercie tous les jours.
> – Puisque vous avez à vos côtés un prince de la cour céleste, il faut donc bien respecter sa présence : y pensez-vous quelquefois ?
> – Oui, j'y penserai, et je prendrai bien garde de faire le mal en sa présence.
> – Quand vous sentez au fond de votre cœur un bon mouvement, une bonne pensée, qui est-ce qui vous parle ?
> – C'est mon ange gardien qui me dit : « Fuyez le mal et faites le bien. »
> – Il faut donc suivre ses bons avis ?
> – Oui, je tâcherai de les suivre avec docilité.
> – Quelle prière faites-vous à votre bon ange ?
> – Je lui fais celle-ci : « Mon bon ange, je vous remercie de tous les bons offices que vous me rendez. J'ai mis en vous ma confiance, je vous révère et j'écoute vos avis salutaires ; obtenez-moi la grâce d'être docile à vos saintes inspirations et de ne jamais offenser Dieu. »
> On remarquera que ce jeu croisé de questions-réponses mêle étroitement acte de foi dogmatique et mise en pratique morale et spirituelle.

Détachés au service de la Vierge Marie, cinq anges veillent sur elle et l'Enfant Jésus avec une attention, une curiosité et un respect qui soulignent le caractère particulièrement vivant de la scène. On notera les correspondances des tons de rouge entre le vêtement de la Vierge et la tunique des deux premiers anges, symbole de l'amour divin (Botticelli, XVe siècle) (© John Pole/Alpha Oméga)

PRIÈRE DE L'ÉGLISE CATHOLIQUE
À L'ANGE GARDIEN

Ange de Dieu,
qui es mon gardien,
illumine, garde,
soutiens et gouverne-moi,
moi qui t'ai été confié
par la piété céleste.
Amen.

Une fois encore, la demande qui s'adresse à l'ange gardien ne lui est formulée qu'en vertu de la mission qui lui a été confiée par la divinité. Ce n'est donc pas l'ange proprement dit qui est sollicité dans cette prière, mais sa fonction, qui n'existe qu'en vertu du désir de Dieu.

LES DEVOIRS DU CHRÉTIEN VIS-À-VIS DE SON ANGE GARDIEN

Parmi les nombreuses autres exhortations à l'encontre des anges gardiens, citons ce texte de la fin du XIXe siècle, extrait d'un ouvrage pieux au titre des plus explicites : *La Journée du chrétien sanctifiée par la prière et la méditation*…

C'est la croyance commune de l'Église, que chaque homme a un ange tutélaire. Quel honneur serait-ce à un pauvre villageois si un prince de sang prenait soin de lui et de ses affaires par l'ordre du roi ! Mais quelle bonté à ces esprits bienheureux de s'attacher avec plaisir à garder de misérables pécheurs comme nous ! Il y a de la proportion entre un villageois et un prince : il n'y en a point entre un homme et un ange.
Nos anges gardiens sont toujours à nos côtés ; ils ne nous perdent jamais de vue ; ils sont témoins de nos plus secrètes actions. Si nous étions toujours en la compagnie d'une personne distinguée, nous n'oserions plus rien faire ni rien dire qui fût contre la bienséance. Un homme mérite-t-il plus de respect et de considération qu'un ange ?
Ces esprits célestes oublient en quelque sorte ce qu'ils sont pour nous servir. Quels services ne nous rendent-ils point ! Ils nous donnent les lumières dont nous avons besoin pour notre conduite ; ils offrent nos prières à Dieu, et en font sans cesse pour nous ; ils nous consolent dans les disgrâces qui nous arrivent ; ils écartent les dangers qui nous menacent ; ils nous fortifient dans les tentations ; ils nous défendent contre nos ennemis ; ils nous excitent à toute heure à la

pénitence et à l'amour de Dieu ; ils nous avertissent souvent au milieu de nos désordres et de nos crimes ; ils nous châtient quelquefois eux-mêmes ; enfin ils n'épargnent rien pour ménager notre salut : c'est l'affaire qu'ils ont le plus à cœur. Ne sommes-nous pas indignes de leurs soins, si nous n'avons pas de dévotion pour eux ? Recommandez-vous à votre bon ange : priez-le surtout de vous assister dans les occasions du péché, et à l'heure de votre mort.

Je vous salue, Marie

Nous achèverons enfin ce bref panorama en citant les célébrissimes paroles de l'ange Gabriel à Marie pour lui annoncer sa maternité bienheureuse :

Je vous salue, Marie pleine de grâce.
Le Seigneur est avec vous
Et le fruit de vos entrailles est béni.

Les anges dans les arts

Les anges dans la peinture

Dans l'histoire de la peinture occidentale, les anges apparaissent dès les premiers siècles du christianisme. Ils sont alors généralement représentés en groupe. Cette habitude persistera pendant tout le Moyen Âge, les artistes ne se permettant que rarement d'isoler telle ou telle entité céleste. Parmi elles, seul saint Michel archange bénéficiera de ce « traitement de faveur », comme en témoignent plusieurs peintures flamandes, italiennes et espagnoles sur lesquelles il est présenté en train de peser les âmes. Il faudra donc attendre la Renaissance et l'arrivée du baroque pour que les anges, toutes catégories confondues, fassent régulièrement l'objet de représentations isolées.

Les attributs angéliques

Pour les peintres du Moyen Âge, les grandes sources d'inspiration en matière angélique sont l'Ancien et le Nouveau Testament, bien sûr, mais aussi *La Hiérarchie céleste* de Denys l'Aréopagite, que nous avons déjà évoquée ci-dessus. Et pour cause, puisque le classement des entités célestes est complété par des renseignements concernant les couleurs et les attributs privilégiés des représentants de chacun de leurs corps.

• Première triade : séraphins, chérubins et trônes.
– Les séraphins sont rouge, et le feu est leur attribut.
– Les chérubins sont bleu et or et jouent parfois d'un instrument de musique (cuivres ou cordes).
– Les trônes portent la robe et un bâton de commandement.

• Deuxième triade : dominations, puissances et vertus.

– Les dominations portent couronne et sceptre.

– Les puissances portent également couronne et sceptre.

– Les vertus portent parfois des fleurs.

• Troisième triade : principautés, archanges et anges.

– Les principautés ne présentent pas de couleurs ni d'attributs particuliers.

– Les archanges portent une arme (épée ou lance), une balance (pour peser le bien et le mal) ou des fleurs blanches (lys généralement), voire parfois un instrument de musique (trompette).

– Les anges protègent tous les hommes, ne présentent ni couleurs ni attributs particuliers, sauf peut-être des instruments de musique (cuivres ou cordes).

Est-il besoin de dire que, si ces informations ont pu guider les artistes dans leurs premières représentations angéliques, elles ne constituent pas une grille infaillible de lecture. Combien d'anges musiciens peuvent-ils être à coup sûr définis comme de stricts chérubins ? Et tous les anges portant l'épée doivent-ils être pour autant assimilés à un des archanges ? Quoi qu'il en soit, on peut toujours s'essayer à identifier les différentes entités célestes représentées selon ces codes, sachant toutefois que certains attributs se révèlent plus fiables que d'autres. C'est ainsi le cas de l'épée ou de la lance dont use l'archange Michel pour terrasser le dragon (mais, ce dernier étant généralement inclus dans le tableau, l'enquête n'a plus de raison d'être) ou des fleurs blanches que Gabriel tient dans la main à l'heure de l'annonciation (mais, là encore, la présence de la Vierge limite les efforts d'investigation). Ce sont en fait les interprétations relatives aux figures angéliques apparaissant hors des illustrations des épisodes les plus fameux de l'Ancien et du Nouveau Testament (des illustrations du combat de Jacob avec l'ange ou du sacrifice d'Abraham, par exemple) qui peuvent poser des difficultés, sinon de véritables problèmes, d'autant que l'imagination des artistes et leur façon de manier les symboles complexifient à outrance la lecture raisonnée de leurs « images ».

À l'exclusion de représentations d'anges solitaires ou de groupes sans contexte particulier, la meilleure manière de procéder consiste à « lire » le tableau ou la sculpture dans son ensemble de manière à bien situer les entités célestes par rapport à leur hiérarchie.

Notons enfin qu'à de rares exceptions près – comme chez Benvenuto di Giovanni Guasta (Italie, XVe siècle) ou chez Andrea del Sarto (Italie, XVe siècle) – les anges sont représentés comme des êtres asexués, petits enfants pour les représentations de chérubins, adultes pour les autres catégories (notamment les archanges), l'aspect androgyne des visages de ces derniers ne permettant pas de les reconnaître définitivement comme hommes ou femmes. Sur ce point, on notera toutefois que les artistes médiévaux étaient parfois moins « frileux », comme en témoigne notamment un séraphin doté d'une barbe généreuse, sculpté sur l'un des chapiteaux du cloître de Saint-Michel-de-Cuxa. Encore ne s'agit-il là que d'un cas d'espèce.

UN LENT CHEMIN VERS LE RÉALISME

Longtemps représentés d'une manière quasi diaphane – et généralement sur fond doré, symbole de la lumière divine –, avec des corps inachevés comme chez Giotto, les anges ont peu à peu gagné en épaisseur et en humanité. Des deux dimensions des illustrations initiales, propres à l'art du Moyen Âge, on est passé progressivement à des êtres en trois dimensions, en même temps qu'apparaissaient (à partir de la Renaissance) un deuxième plan d'architectures et/ou de paysages donnant une profondeur de champ d'autant plus saisissante qu'elle exploitait toutes les possibilités de la perspective. C'est aussi le moment où les entités célestes prennent véritablement corps, s'assimilant – malgré leur nature même – à des figures humaines dont les chairs de plus en plus sensuelles traduisaient à merveille la confluence bienheureuse des âmes et des corps dans l'amour divin.

Ce réalisme se retrouve également dans les peintures angéliques élaborées au XVIe siècle en Amérique du Sud. Reprenant à leur compte les données de *La Hiérarchie céleste* de Denys l'Aréopagite – livre dont on ne sait d'ailleurs pas comment il parvint en ce lieu lointain, même si l'on peut supposer qu'il fut apporté par les missionnaires espagnols ; ce qui, en tout état de cause, ne permet pas d'expliquer l'influence aussi rapide et aussi profonde qu'il semble avoir eue sur les autochtones –, les artistes péruviens représentèrent des anges dont les attributs spécifiques ne laissaient aucun doute sur le corps auquel ils appartenaient : ici, un ange tient une flamme à la main et peut, sans risque d'erreur, être rattaché à la catégorie des séraphins, là, un autre porte sceptre et couronne et ressort à l'évidence de la catégorie des puissances, etc. Ces représentations sud-américaines (qu'on trouve notamment en grand nombre en Bolivie) se distinguent cependant de celles réalisées à la même époque dans le monde occidental. Ici, en effet, pas d'arrière-plan, à l'exception parfois de paysages stylisés ou de décorations florales dont le traitement en à-plat met singulièrement en relief le personnage central ; un personnage dont le visage, traité de la façon la plus neutre qui soit, ne fait pas écran au symbole qu'il représente. En revanche, et à l'instar des œuvres occidentales, ces anges sont habillés à la mode du temps. Tel est le cas des séries d'anges militaires dont les armes et l'accoutrement sont ceux des soldats espagnols du temps. L'effet est d'ailleurs assez surprenant, compte tenu du contexte géographique dans lequel ils ont pris

L'ange est serviteur de Dieu et des hommes

naissance, dentelles, broderies, chapeaux enrubannés et autres souliers délicats contrastant singulièrement avec l'atemporalité même des sujets angéliques. Des anges dont certains attributs traditionnels tels que l'épée ou la lance ont été supprimés au bénéfice des… arquebuses !

QUELQUES ŒUVRES REPRÉSENTATIVES

Réaliser l'inventaire exhaustif des représentations angéliques en matière de peinture et de sculpture relèverait de la gageure. Mieux vaut donc s'en tenir à l'évocation de quelques œuvres comptant parmi les plus singulières et les plus belles.

Les anges messagers

Deux thèmes particuliers ont été régulièrement traités par les artistes occidentaux à travers les âges : l'annonce de la bienheureuse maternité de Marie par l'ange Gabriel et l'annonce de la naissance de Jésus-Christ. Nous nous arrêterons ici sur le premier en raison de l'abondance d'œuvres qu'il a inspirées. L'art italien domine sans conteste l'exploitation de ce thème avec une très grande variété d'approches singulières dans lesquelles la grâce le dispute à l'inventivité. Parmi les nombreuses représentations, évoquons plus particulièrement les suivantes.

- *L'Annonciation et deux saints* de Simone Martini et Lippo Memmi (Italie, XIVe siècle, galerie des Offices à Florence), qui ressort de la grande tradition médiévale, puisque l'ange Gabriel et la Vierge s'inscrivent dans un fond doré hautement significatif.

- *L'Annonciation* de Giusto de Menabuoi (Italie, XIVe siècle, baptistère de la cathédrale de Pise), fresque représentant un ange Gabriel tout de blanc vêtu et portant une fleur de lys à la main, agenouillé devant la Vierge en position debout, vêtue d'une sorte de toge d'un bleu céleste, une colombe volant à sa rencontre. Pour être déjà plus élaboré, le décor – qui est celui d'une antichambre – n'en demeure pas moins anecdotique.

• *L' Annonciation* de Fra Angelico (Italie, xve siècle, détail d'un panneau de neuf scènes, du coffre en argent de la Très Sainte Annonciade ; musée de San Marco à Florence), qui présente un ange Gabriel aux ailes résolument originales en termes de forme et de couleur. Rompant avec les courbes traditionnelles des ailes d'oiseau, le peintre dote par ailleurs son ange d'attributs résolument originaux, aux couleurs rouge, bleu, noir et jaune, qui soulignent le statut particulier de son propriétaire. Revêtue d'un vêtement d'un bleu profond, la Vierge est en position debout, le corps penché en avant, dans une attitude d'attention extrême. Le décor est celui d'un péristyle ou d'une courette à ciel ouvert avec quelques ifs en arrière-fond.

Deux autres œuvres ont été également réalisées par Fra Angelico, qui présentent l'ange Gabriel agenouillé face à une Vierge assise, toujours vêtue de bleu. Les mêmes ailes aux formes un peu anguleuses s'y retrouvent, colorées d'une teinte ocre pour l'une (musée du Prado à Madrid) et teintées de bleu-gris, de pourpre, de vert pâle, de jaune doux et de blanc en franges parallèles pour l'autre (fresque du monastère de San Marco à Florence).

• *L'Annonciation* de Fra Filippo Lippi (Italie, xve siècle, chapelle Martelli à San Lorenzo). Plus luxuriante apparaît cette peinture sur bois dans laquelle l'ange Gabriel se manifeste sous les traits d'un adolescent du siècle, agenouillé et tenant une fleur de lys à la main. La Vierge est debout devant lui dans une attitude qui dénote tout autant la surprise que l'humble acceptation. Derrière Gabriel, deux anges vêtus somptueusement veillent sur la scène, qui se déroule au sein d'une sorte de promenoir ouvrant sur la perspective d'une rue bordée de maisons au style raffiné.

• *L'Annonciation* de Sandro Botticelli (Italie, xve siècle, galerie des Offices à Florence) est une peinture sur bois d'une extraordinaire pureté. Agenouillé, pour ne pas dire humblement ramassé, dans les replis d'une ample robe rouge orangé et tenant un lys à la main, l'ange Gabriel (très délicatement dessiné, avec des ailes presque diaphanes) annonce la bonne nouvelle à une Vierge gracieuse dont la robe rouge et le vêtement vert traduisent à merveille l'ineffable sentiment de passion retenue qui l'anime. Expression pudique et généreuse encore rehaussée par l'attitude de la future mère, qu'un infime mouvement de recul fait légèrement se courber, en un geste qui traduit son plus profond consentement. La scène se déroule dans une pièce au sol décoré de pierres rectangulaires ocre orangé, séparées par des stries blanches, dont la géométrie contraste singulièrement avec le paysage rural, avec rivière et château en fond, entrevu par la grande fenêtre : tout se passe, en effet, comme si le peintre avait sciemment opposé la rigueur quasi mathématique des Écritures (réalisation de la prophétie annonçant la venue du Messie), porteuse du sens caché des choses, à la neutralité des apparences (le paysage), dont les tonalités vertes en dégradé rejoignent celles qui caractérisent la lumière générale du tableau. Tant et si bien que la bonne nouvelle vient littéralement « déteindre » sur l'ensemble de la scène, donnant au décor un parfum d'Éden.

• *L'Annonciation* de Léonard de Vinci (Italie, XVe siècle, galerie des Offices à Florence). Cette huile sur bois constitue, elle aussi, l'un des plus beaux chefs-d'œuvre relevant du thème. Avec un sens extraordinaire de la composition, le peintre oppose et unit à la fois l'ange Gabriel à la Vierge en cet instant crucial de l'annonce. Comme dans la représentation de Botticelli, ange et Vierge sont parés d'atours à la fois sobres et magnifiques, aux couleurs d'emploi identique (rouge et vert), celles des vêtements de l'ange étant toutefois plus fortes et plus soutenues (manière subtile de différencier les origines céleste et humaine des deux protagonistes). La scène se déroule sur le perron d'une demeure, face à un paysage qui fait partie intégrante de la représentation. L'ensemble est baigné par une lumière d'aube caractéristique dans laquelle l'ombre semble se dissiper aux premiers accents jaune verdâtre du soleil. Détail intéressant : la Vierge est « surprise » la main posée sur une tâche de broderie, symbole qui reflète toute la patience et l'abnégation de l'être occupé à un ouvrage de longue haleine. Raison pour laquelle, sans doute, et mieux que toute autre, elle était prédestinée à devenir l'« ouvrière de Dieu ».

Les cohortes angéliques

Le nombre incalculable d'entités célestes évoquées dans la Bible et dans les livres apocryphes a également inspiré les artistes au gré de scènes représentatives de l'Ancien et du Nouveau Testament. Là encore, l'école italienne se taille la part du lion. Qu'on en juge plutôt à l'évocation des quelques grandes œuvres suivantes.

- *La Vierge et l'Enfant en majesté entourés d'anges* (Italie, XIIIe siècle, musée du Louvre à Paris). Ce bois peint représente le Christ enfant assis sur les genoux de sa mère au milieu d'un chœur de six anges aux ailes d'un beau blanc ou rouge bleuté. La tonalité générale tire sur l'ocre doré, comme il était d'usage au Moyen Âge.

Tandis que l'archange Gabriel annonce à Marie la nouvelle de sa gestation miraculeuse, une foule de séraphins éclaire la bienheureuse d'un rayon de lumière divine (d'après I. van Mecken, XVe siècle in **La vie des saints,** ***Librairie de Firmin-Didot et Cie, 1887)***

• *L'Ascension* de Giotto (Italie, XIVe siècle, fresque de la chapelle d'Arena à Padoue). Porté par un nuage et baigné d'un halo de lumière dorée, le Christ s'élève vers les cieux au milieu d'un double groupe serré d'anges dont les membres inférieurs ne sont pas même ébauchés. Deux anges de plus grande taille servent de trait d'union entre le monde d'en haut et celui d'en bas, où sont agenouillés la Vierge et les Apôtres en prière.

• *La Crucifixion* de Taddeo Gaddi (Italie, XIVe siècle, fresque de la sacristie de Santa Croce à Florence). Un Christ en croix succombant est entouré d'un cercle de cinq anges, dont deux portent des coupes. Leur « danse » gracieuse et leur humble dévouement (traduit par des couleurs pastel contrastant singulièrement avec le traitement sombre – pour ne pas dire obsur – du fond) reflètent la douceur, la beauté et la paix de l'autre monde.

• *Le Paradis* de Fra Angelico (Italie, XVe siècle, peinture sur bois, musée de San Marco à Florence). Toute la douceur et la luminosité italiennes sont au rendez-vous dans cette peinture sur bois, détail du Jugement dernier. Une cohorte d'anges aux ailes de plus en plus dorées fait la ronde dans un décor pastoral d'une grande fraîcheur et d'une sobre luxuriance. Au terme de la ronde, deux saints personnages découvrent ce paisible éden, tandis qu'en haut et à gauche du tableau deux anges vêtus de tuniques blanches quasi diaphanes prient vers le ciel, dont on ne perçoit qu'une cascade de lumière.

• *La Vierge aux anges* de William Bouguereau (France, XIXe siècle, musée du Louvre à Paris). Cette huile sur toile représente une Vierge à l'Enfant entourée d'une double colonne d'anges en aube blanche et aux ailes immaculées. Le trône de la Vierge et les premiers anges reposent sur un nuage d'une blancheur ouatée. Plus l'on monte dans le tableau, plus la lumière devient incandescente.

• *La Naissance de Marie* (Allemagne, XVe siècle, Ancienne Pinacothèque à Munich). Cette peinture représente la mère de Marie tenant sa fille emmaillotée sur ses genoux en la présence d'un homme simple, qui peut être Joseph, et de femmes

Parce qu'ils donnent leur vie pour l'amour de Jésus et de son Père, des anges encensent saint Pierre et saint Paul du haut du ciel où ils seront bientôt accueillis (d'après un vitrail de la cathédrale de Bourges, in La Vie des saints, *Librairie de Firmin-Didot et Cie, 1887)*

(les sages-femmes ?). La scène se déroule au cœur d'un vaste espace dont l'architecture est celle d'une église, alors qu'il s'agit d'une chambre (puisqu'un lit à baldaquin occupe la gauche du tableau). Le plafond est peuplé d'une multitude d'angelots aux vêtements rouge et vert faisant joyeusement la ronde. Au centre de leur cercle se tient un ange de plus grande taille qui honore tout particulièrement la mère et son enfant. Détail significatif : les personnages humains et angéliques sont de petite taille et, de ce fait, comme perdus dans l'immensité de la chambre-église, témoignant ainsi de la volonté du peintre d'insister sur le caractère mystique de cette naissance.

Les anges combattants

Instruments du pouvoir de Dieu et de la lutte contre le Mal (le démon), les anges sont souvent représentés les armes à la main, occupés à chasser les fauteurs de troubles ou à les vaincre.

• *Saint-Michel tuant le dragon* (France, XIIe siècle, musée du Louvre à Paris). Cette pierre sculptée représente saint Michel de profil levant sa lance sur un démon ailé recroquevillé à ses pieds. La surface occupée par le saint étant double de celle du démon, il se dégage une impression de force qui donne à l'acte justicier toute sa dimension.

• *Adam et Ève* de Giusto de Menabuoi (Italie, XIVe siècle, fresque du baptistère de la cathédrale de Pise). Armé d'une épée, un ange ailé portant cuirasse rouge et jambières en métal chasse sans ménagement Adam et Ève du paradis terrestre. L'ensemble de la scène baigne dans une tonalité d'un vert glauque, à l'exception de l'ange, dont la tête concentre toute la lumière. Sur ce même thème, le célèbre graveur allemand Albrecht Dürer (XVe siècle) réalisa une gravure tout aussi impressionnante, dans laquelle la nudité d'Adam et d'Ève est accusée par le lourd vêtement que porte l'ange, armé d'une épée. L'arbre de la faute et son fruit trônent à l'arrière-plan de cette reproduction poignante et pleine d'angoisse.

• *Saint Michel terrassant le dragon* de Raphaël (Italie, XVIe siècle, musée du Louvre à Paris). Ce splendide tableau dépeint un archange Michel des plus glorieux, porté par de vastes ailes et vêtu d'un vêtement court rouge aux manches bleues, s'apprêtant à transpercer l'ange révolté. La scène se situe dans un décor de collines fantastiques et est illuminée par la double lumière émanant des deux anges, qui donne à l'action son plein impact et sa pleine résonance.

• *Saint Michel* d'Emmanuel Frémiet (France, XIXe siècle, musée d'Orsay à Paris). Ce cuivre martelé est tout aussi impressionnant, qui saisit l'archange dans la majesté de l'élan grâce auquel son arme s'abattra avec force sur le démon (non représenté en l'occurrence). Ses deux grandes ailes déployées ajoutent encore à la puissance qui se dégage du personnage.

Les anges musiciens

Compte tenu de leur place privilégiée auprès de Dieu et de leur rôle spécifique – servir et chanter le Seigneur –, on peut supposer que les anges musiciens représentés dans les différentes œuvres picturales ressortent de la catégorie des chérubins, voire des séraphins. Mais cela ne constitue bien évidemment qu'une hypothèse, tant il est vrai que bien des portraits de groupe d'entités ou d'anges singuliers ne semblent pas toujours pouvoir être directement rattachés à l'un de ces deux ordres.

• *Anges musiciens* de Stefano da Verona (Italie, XVe siècle, musée Correr à Venise). Cette huile sur bois présente cinq anges (dont deux portent des instruments de musique à cordes) si proches qu'ils semblent être réunis par la musique qu'ils jouent. Leurs robes d'un rouge légèrement ocré et leurs visages doux se détachent très nettement d'un fond sombre presque totalement oblitéré par leur présence.

• *Chape brodée* (anonyme, XIVe siècle, église Saint-Bertrand-de-Comminges, en Haute-Garonne). L'intérêt de cet ouvrage médiéval vient de ce qu'il représente toute une série d'anges dont chacun est porteur d'un instrument de musique. Non contents de chanter les louanges de Dieu, les anges accèdent,

Les anges musiciens sont souvent assimilés aux séraphins ou aux chérubins. Il est vrai qu'ils se trouvent toujours associés aux épisodes religieux mettant particulièrement en relief la gloire divine dans toute sa splendeur (M. de Sta Verdiana, Italie) (© John Pole/Alpha Oméga)

ici, au véritable statut de musicien et peuvent d'une certaine façon être considérés comme les ancêtres de tous les compositeurs et solistes d'inspiration religieuse.

• *Couronnement de la Vierge* de Fra Angelico (Italie, XVe siècle, musée du Louvre à Paris). Avec le sens de la composition et de la couleur qui le caractérise, le peintre offre la vision sublime et délicate d'un groupe d'anges célébrant la mère de Jésus. Leurs ailes fines et longues sont d'or et leurs robes uniformément vertes ou rouges. Des saints ou des patriarches occupent le bas inférieur droit de ce bois peint, bienheureux témoins de ce bonheur céleste d'où émane un sentiment ineffable d'union, de paix et d'harmonie.

Les anges serviteurs

Au service direct de Dieu, les anges sont aussi tout naturellement au service de Son Fils, Jésus, de la Vierge Marie et de toutes les créatures humaines dès lors qu'elles manifestent les élans d'amour et d'assistance que le Créateur nourrit à leur égard. C'est ce qu'expriment très clairement les représentations suivantes.

• *Le Christ au jardin de Gethsémani* de Giacinto Brandi (Italie, XVIIe siècle, musée du Vatican). Cette peinture représente le Christ assisté de deux anges (trois « personnages », donc, qui renvoient sans doute au concept de la sainte Trinité), l'un vêtu d'un habit pourpre et l'autre d'un habit vert. L'ange en pourpre désigne le calice que le Fils de Dieu devra boire, accomplissant ainsi les Écritures. L'ensemble de la scène baigne dans une tonalité ocre sombre et presque noire, la seule lumière provenant du buste à demi nu du Christ, découvert de l'épaule au cœur. Les anges sont manifestement là pour rappeler la volonté de Dieu le Père et pour aider le Christ dans sa future épreuve.

• *Ange arrachant des âmes du purgatoire par l'intercession de la Vierge Marie*, peinture réalisée par les artistes de l'atelier de Carraci (Italie, XVIIe siècle, musée du Vatican). Ce tableau représente un ange vêtu de blanc et de jaune, portant une ceinture rouge et une large étole blanche, saisissant d'une main l'un des pécheurs brûlant dans les flammes du purgatoire, en lui indiquant le ciel d'un doigt de l'autre main. Au-dessus de lui, trônant sur une nuée, la Vierge à l'Enfant, vêtue d'une robe rouge et d'une toge bleue, offre un visage d'une splendide candeur. Autour d'elle, à demi noyés dans le nuage, se tiennent des membres de l'Église au-dessus desquels volettent des séraphins et des chérubins – reconnaissables à leur simple tête ailée – dans une vapeur lumineuse dorée. L'ange sert donc ici les desseins de la Vierge, dont les invocations ont permis de sauver définitivement les pécheurs.

• *Deux anges au bord de l'eau*, œuvre anonyme (Espagne, carrelage décorant le baptistère de la cathédrale Cé à Lisbonne). Deux anges d'un beau bleuté se penchent sur le bord de l'eau, où ont lieu des baptêmes. Le premier tient le vêtement du baptisé tandis que le second s'associe au service de son compagnon à travers un regard significatif, tout en priant, les mains jointes. Ici plus qu'ailleurs, peut-être, les anges servent véritablement de trait d'union entre l'homme terrestre et la divinité céleste.

On pourrait allonger ainsi indéfiniment la liste, tant le thème des anges fait partie intégrante de l'histoire de l'art occidental. Mais là n'est pas l'objet exclusif de cet ouvrage.

Chanter les louanges de Dieu constitue l'une des fonctions premières des anges en général, et des séraphins et chérubins en particulier (cathédrale du Mans, France)
(© John Pole/Alpha Oméga)

Les anges au cinéma

Bien qu'étant de purs esprits, et partant bien peu cinématographiques, les anges ont fait l'objet de plusieurs approches cinématographiques, dont certaines constituèrent d'étonnantes réussites. Nous n'en voulons pour preuve que des œuvres aussi singulières et aussi fortes que *La vie est belle* de Frank Capra, *Le ciel peut attendre* d'Ernst Lubitsch et le film homonyme de Warren Beatty et Buck Henry, *L'Ange exterminateur* de Luis Buñuel, *Théorème* de Pier Paolo Pasolini, et *Les Ailes du désir* de Wim Wenders. Autant de films qui utilisent l'allégorie de l'ange dans une perspective plus morale et plus psychologique que spirituelle, au demeurant, mais dont la dimension mystique n'est parfois pas tout à fait absente. Dans la plupart des cas, en effet, l'introduction de l'ange en tant que concept, symbole et personnage permet d'élargir le champ d'investigation de la fiction en introduisant une dimension nouvelle débouchant tour à tour sur le fantastique, l'éthique, la poésie, voire la philosophie.

Dans *Le ciel peut attendre* (États-Unis, 1943), Ernst Lubitsch conte l'histoire d'un joyeux noceur qui, une fois mort, décide de se présenter à la porte de l'enfer, persuadé que sa conduite terrestre ne lui permet pas d'envisager d'autre destination. Là, il est accueilli par Lucifer, qui écoute patiemment le récit de sa vie. Au terme du discours de son visiteur, force lui est de l'envoyer au ciel… car, sous couvert d'épicurisme éhonté, le défunt témoigna en fait de beaucoup de sollicitude pour son prochain et fit le bien plus souvent qu'à son tour.

Le film homonyme de Warren Beatty et Buck Henry (États-Unis, 1978) n'entretient aucun rapport avec le précédent… puisqu'il est le *remake* d'une comédie d'Alexander Hall, *Le Défunt récalcitrant* (États-Unis, 1941). Suite à une erreur angélique, qui lui vaut de périr dans un accident bien avant l'heure de sa mort, un séduisant joueur de football américain redescend finir son séjour sur terre. Mais, son corps ayant été affreusement mutilé dans l'accident, il se trouve réincarné dans la peau d'un banquier dont l'épouse prépare l'assassinat en compagnie de son amant !

Si le point de départ des deux films est le même, la comparaison s'arrête là, tant sur le plan des idées que sur celui de la réalisation. Vibrant plaidoyer en faveur de la vie, de la joie, du bonheur et de l'amour, le film d'Ernst Lubitsch impose un ange déchu – Lucifer – capable de mansuétude et finalement meilleur qu'il n'y paraît. Et prouve que la destinée humaine peut s'achever au ciel en dépit des fautes et des errements.

Plus sentimental est, en revanche, le *remake* de Warren Beaty et Buck Henry, qui exploite avec un certain bonheur les quiproquos engendrés par l'apparence du héros, que seul le spectateur perçoit sous sa forme originelle, les différents protagonistes du film le voyant, eux, sous les traits de l'honorable banquier. L'aspect comédie est donc privilégié dans ce film, qui laisse cependant entendre que les anges fautifs peuvent réparer leurs erreurs !

L'Ange exterminateur de Luis Buñuel (Mexique, 1962) est d'une tout autre facture, puisque l'ange dont il est question dans le titre n'apparaît jamais, son existence n'étant pas même suggérée, sinon sous la forme d'une mystérieuse force bloquant un groupe de convives dans la salle de réception de leur hôte, puis ultérieurement dans une cathédrale lors d'un office religieux. Plus métaphorique que spirituelle, cette influence pseudo-angélique est d'autant plus inquiétante qu'elle se nourrit d'une possible volonté, voire d'une invisible présence, qui elle-même se nourrit des mystères ésotériques et religieux mettant en scène des esprits démoniaques : autrement dit, des mauvais anges.

Sur un argument merveilleux – un ange d'apparence humaine sauve du suicide un homme désespéré de ne pouvoir faire aboutir un projet altruiste, et le « transporte » dans un futur que son absence n'aurait pas permis de façonner –, *La vie est belle* de Frank Capra (États-Unis, 1946) constitue l'une des plus belles et des plus poétiques évocations du véritable miracle que constitue l'expérience humaine lorsqu'elle est placée sous

le signe de l'amour, du partage, du respect et de la solidarité. Pour arriver à dépasser ses épreuves, le héros de ce conte subtil et généreux est secouru par son ange gardien… lui-même assujetti à sauver une âme pour gagner le paradis. Ainsi donc, les parcours terrestre de l'un et céleste de l'autre se rejoignent-ils dans la même quête de bonheur avec, par et pour les autres, dans un double élan de générosité dans lequel chacun peut projeter ses convictions, ses croyances ou sa foi.

À la frontière entre la spiritualité, la métaphysique et la psychologie, *Théorème* de Pier Paolo Pasolini (Italie, 1968), met en scène une famille de la haute bourgeoisie milanaise que la visite inopinée d'un beau et mystérieux jeune homme – un ange ? – va bouleverser de fond en comble. Confronté à son étrange séduction, chacun va se révéler tel qu'en lui-même et « se trouver », tandis que l'inconnu repart d'où il était venu. Ambiguë au possible en ce qu'elle peut être indifféremment lue comme un conte philosophique, une fable socio-psychologique ou une expérience mystique, cette œuvre forte et déroutante reçut le prix de l'Office catholique international du cinéma au Festival de Cannes.

Changement radical d'optique dans *Les Ailes du désir* de Wim Wenders (Allemagne, 1987), qui met en scène deux anges à figure humaine, mais totalement invisibles aux yeux des hommes. L'un d'eux tombant amoureux d'une jeune femme accepte de devenir mortel pour acquérir une image et vivre son amour… Loin d'inspirer les créatures humaines et de leur montrer le chemin du ciel, les anges font, dans ce film, le chemin inverse, privilégiant le monde terrestre au prix d'une mortalité future acceptée. Ici, la glorification de l'amour ne jette pas les bases d'une transcendance divine, et l'ange, s'il ne chute pas, ne gravit pas non plus les degrés spirituels qui mènent à Dieu : spiritualité et mystique ont cédé la place à la métaphysique.

Pour compléter ce tour d'horizon – non exhaustif au demeurant –, il faut encore citer *La Merveilleuse Visite* de Marcel Carné (France, 1974). À mi-chemin entre le fantastique et la spiritualité, ce film reprend, peu ou prou, la trame du *Théorème* de Pasolini, en contant l'histoire d'un homme qui, retrouvé quasi mort sur une grève bretonne, déclare bientôt être un ange tombé du ciel. Perturbateur de la vie locale à bien des égards, il ne tarde pas à susciter l'hostilité puis le rejet de la population, et ne gagne son salut qu'en se jetant du haut d'une falaise… avant de se transformer en mouette blanche s'élevant vers le ciel.

Pour l'anecdote, évoquons encore *Les Anges gardiens* de Jean-Marie Poiré (France, 1995), comédie un peu simplette exploitant sans vergogne la dualité angélique à laquelle chacun serait soumis, le bon ange et le mauvais ange rivalisant d'ardeur pour entraîner les hommes sur les chemins du Bien ou du Mal. Et terminons par *Les Verts Pâturages* de William Keighley et Marc Connelly (États-Unis, 1936), qui se présente comme le catéchisme des enfants noirs, dans lequel tous les personnages bibliques et toutes les entités célestes sont des Noirs.

Cela dit, on pourrait encore allonger la liste des films mettant en scène des héros – ou des antihéros – qu'une inspiration angélique, sinon divine, amène à se dépasser et à se racheter par une conduite exemplaire ; au point d'apparaître comme de véritables anges aux yeux de leurs proches. *Le Cargo maudit* de Frank Borzage (États-Unis, 1940) constitue, à ce titre, l'un des meilleurs exemples : au fil d'une cavale impliquant plusieurs bagnards, l'un d'entre eux, qui répond au nom de Cambreau, va s'attacher à remettre ses compagnons sur le droit chemin par la seule force de sa bonté, de sa sagesse, de son humilité et de son amour. Ange humain ou homme ange, ce héros parmi bien d'autres témoigne de l'appel de la transcendance, au gré d'un récit dont la moralité ne se limite pas à l'éthique, mais ouvre toutes grandes les portes de la spiritualité.

Les anges dans la publicité

Parce qu'ils ne sont pas tout à fait hommes et pas tout à fait Dieu, mais que les formes sous lesquelles ils apparaissent ou sous lesquelles on les représente sont tout de même plus proches des premiers que du second, les anges sont les vecteurs – pour ne pas dire l'incarnation – d'une symbolique de force, de pureté et de transcendance propice à toutes les exploitations. Métaphores actives d'un « plus », d'un « mieux » ineffable, ils apportent une « valeur ajoutée » virtuelle aux produits auxquels ils sont implicitement ou explicitement associés. Cette utilisation de plus en plus fréquente des anges dans le domaine de la publicité témoigne, par écho, de la place importante que les célestes créatures tiennent encore dans la mémoire collective et dans l'inconscient de chacun. On voit mal, en effet, des professionnels de la communication s'aventurer aux abords de l'autre monde sans la conviction, légitime au demeurant, de toucher un « point sensible » chez les consommateurs. Bonne occasion de faire remarquer, une fois encore, combien l'image de l'ange est ambivalente : religieuse et laïque à la fois. On pourrait même dire qu'à l'instar du Père Noël – allégorie incarnant la fête de la Nativité de Jésus-Christ, le Dieu fait homme, sans avoir conservé aucun lien avec le mystère qui la caractérise – les anges ont été littéralement récupérés par la société laïque sans pour autant perdre les atouts « magiques » qu'ils tiennent de leurs origines spirituelles ni, par conséquent, leur pouvoir d'attraction. C'est en cela et pour cela, d'ailleurs, qu'ils sont aussi largement utilisés en matière de publicité, pour traduire les qualités pseudo-merveilleuses de produits qui, sans eux, n'échapperaient pas à leur banalité. La qualité du rêve ainsi vanté – sinon promis – ne risque pas d'être sujette à caution, puisqu'à l'image de celle des anges elle est par essence indicible et que nul ne peut jamais l'apprécier qu'en en faisant personnellement l'expérience !

Parmi les nombreux produits promus par l'entremise d'images angéliques, citons :

– les lessives. Une ancienne campagne d'affichage montrait ainsi une paire d'ailes d'un blanc immaculé – parce que lavées avec la lessive Persil – séchant sur une corde à linge. Quant à la célébrissime lessive Saint-Marc, ses paquets sont frappés à l'effigie d'un sympathique angelot dont on suppute qu'il peut faire des « miracles » pour la maison ;

– les fromages. À mi-chemin entre chérubins et cupidons, les angelots qui ornent – discrètement il est vrai – les boîtes de Caprice des dieux induisent, plus que traduisent, l'irrésistible douceur et l'ineffable sensualité d'un produit gourmand censé susciter un plaisir mi-sacré, mi-profane. Dans le même registre, un spot télévisé plus récent met notamment en scène deux anges féminins savourant un pot de Gervita, dont le mélange crème-fromage blanc ne peut que renvoyer à la douceur veloutée que l'on suppose aux anges ;

– les parfums. Avec Nina Ricci, l'ange – à profil féminin mais au visage étrangement marqué du signe de l'ailleurs – n'hésite pas à descendre dans le métro, vêtu d'une robe-T-shirt blanche rehaussée par une somptueuse paire d'ailes encore plus blanches pour vanter les senteurs de… *L'air du temps*. Cette immersion littérale de l'ange au cœur de l'humanité la plus triviale rehausse, par contraste, l'insaisissable qualité d'une senteur qui se confond avec l'éternel féminin… et l'éternité tout court.

Cet ange musicien tout illuminé de la lumière divine symbolise la béatitude ineffable de la Création (crèche, Palma de Majorque, Espagne) (© John Pole/Alpha Oméga)

Faisant intimement corps avec le paysage dans lequel ils s'inscrivent, ces deux anges gardiens unissent ainsi très naturellement le monde terrestre au monde divin dans un climat d'amour, de confiance et de paix (S. M. D. Angeli, Italie) (© John Pole/Alpha Oméga)

Les anges dans le langage

Par un glissement identique de l'extraordinaire – au sens littéral du terme – à l'ordinaire, le mot ange est naturellement entré dans le langage usuel pour désigner des êtres pleins de mansuétude, de douceur et d'amour. Rien d'étonnant, donc, à ce que le surnom affectueux de « mon ange » soit indifféremment donné à une femme, un homme ou un enfant, reflétant ainsi le caractère quasi idéal de celui que l'on désigne sous cette appellation.

Il en va de même avec l'expression « tu serais un ange si… », assortie d'une demande spécifique qui, acceptée par l'autre, confère à ce dernier un statut d'altruiste reconnu et pour cela remercié.

Il est d'ailleurs intéressant de constater que ces différentes expressions et dénominations ne prennent pas en compte le caractère sexué de la personne concernée. La « neutralité » de l'ange permet, en effet, d'englober les hommes et les femmes dans la même image et de leur faire bénéficier de la même nature, du même pouvoir et de la même aura qui sont celles de la spécificité angélique. En gommant ainsi implicitement et explicitement les différences liées au sexe s'instaure une réelle égalité entre des êtres dont le caractère idéalisé – sinon idéal – leur donne une dimension « surhumaine ».

Tout aussi intéressante est l'expression « beau comme un ange », dont le paradoxe apparent – comment comparer un être visible à une entité par essence invisible ? – trouve en fait sa résolution dans sa contradiction même. Si la vraie beauté rend aphone, si elle « stupéfie » au sens fort et littéral du terme, c'est qu'elle est indicible ; aucun mot n'est capable de l'exprimer. Par extension, la vraie beauté est aussi celle qui ne peut se traduire

L'archange Raphaël, détails de **L'Archange Raphaël et le jeune Tobie** *d'après Francesco Botticini (1446-1498) (Santa del Fiore, Florence)*

en image. D'où la légitimité de cette métaphore, dont il faut souligner qu'elle induit aussi une idée de ravissement. Or, être ravi, c'est non seulement être heureux, séduit et satisfait, mais c'est aussi être arraché à soi-même… et comme vidé de ses moyens pour n'être plus que pur plaisir, pleine jouissance, superbe extase. Or n'est-ce pas là, spirituellement parlant, la mission même des anges ?

Rappelons encore l'expression « gloser sur le sexe des anges », dont l'origine remonte à la querelle théologique des premiers siècles du christianisme et qui signifie s'adonner à des discussions totalement vaines.

Puis évoquons, enfin, la formule « un ange passe », utilisée pour meubler une chute soudaine de la conversation. Faut-il comprendre ici que l'irruption du silence, assimilée à une présence angélique, se confond avec une inspiration d'ordre supérieur à l'instant même où chacun se trouve justement à court d'inspiration ? Une fois encore, force est de constater que le spirituel et le profane s'unissent inextricablement dès qu'il est question d'ange, le concept d'inspiration pouvant indifféremment être perçu comme une grâce d'origine transcendante ou comme une simple impulsion permettant de prolonger le fil de ses pensées, et donc d'un dialogue. À chacun d'en juger en fonction de ses croyances.

Une dimension spirituelle pour aujourd'hui

Précieux auxiliaires de Dieu, chargés de missions sublimes, les anges ont peu à peu perdu leur singularité et leur aura pour devenir ces allégories vides et fades dont l'aspect pseudo-merveilleux constitue le seul attrait. Et, d'entités célestes radieuses, ils sont devenus de vulgaires images d'Épinal juste bonnes à tenir lieu d'allégorie, de symbole ou de métaphore. Ils ont perdu leur dimension spirituelle en chemin.

Est-ce pour autant que les anges ont déserté irrévocablement le monde ? et que leur message s'est à tout jamais perdu dans les limbes du temps ?

Non, répond fermement Yves Cattin, au terme du splendide et lumineux essai qu'il a consacré aux entités célestes dans un ouvrage intitulé *Les Anges et leur image au Moyen Âge*[5], texte dont il nous a aimablement autorisé à reproduire de larges extraits. Loin de succomber à la grande vague matérialiste qui a submergé le monde en ce début de troisième millénaire, il montre avec intelligence et pertinence que les anges sont toujours là, et bien là, mais sous une autre forme, qu'il nous revient de décrypter. Insensibles à l'oubli dont ils ont été frappés, ils poursuivent leur mission avec constance, soucieux du bien des hommes, de leur avenir et de leur transcendance, suivant en cela les préceptes de Dieu. Et s'ils nous semblent absents du monde, c'est sans doute parce que nous ne prenons pas la peine de les y chercher.

Telle est la thèse d'Yves Cattin sur le « retour des anges », dont l'argumentation limpide s'exprime en ces termes :

5. Aux éditions Zodiaque, 1999.

L'ange gardien, le plus humble et le plus populaire de toutes les entités célestes, emplit pleinement son rôle de protecteur et de messager dans cette représentation, d'autant plus touchante qu'elle met en scène un jeune enfant, plein d'émerveillement pour ce qu'il voit (J. Tassel, France) (© John Pole/Alpha Oméga)

Déposé au pied de l'Enfant nouveau-né, puis confié d'abord aux femmes au moment de la Résurrection, le message des anges avait été transmis aux disciples, qui, contre leur peur, se sont mis à annoncer l'Évangile nouveau. Mais, peu à peu, le message est devenu comme un vieux refrain, mille fois entendu. Les hommes s'y sont habitués et ont fini par ne plus l'entendre. Ils avaient leurs occupations, leurs amours et leurs guerres, et c'étaient là choses plus sérieuses.

Alors les anges se sont retirés de notre monde, sans bruit, sur la pointe des ailes. Ils ont émigré. Un jour, nous nous sommes réveillés dans un monde où il ne passait plus d'anges. Ils étaient devenus comme inutiles, puisque plus personne n'écoutait leur message. À la fin du Moyen Âge, les hommes ont inventé de nouveaux codes et de nouveaux chiffres du monde, et la science a forgé peu à peu de nouvelles messageries, plus efficaces contre les vieilles peurs.
Les hommes ont alors éprouvé leur pouvoir sur le monde et ils ont vu se lever de nouvelles « lumières » à l'horizon. Des anges passaient encore sur les toiles des peintres ou les fresques des églises, mais déjà ils servaient d'ornements, et personne ne les voyait plus dans leur terrifiante beauté.
Les anges se hasardaient encore dans les paysages de la vie intérieure de certains croyants, dans les cloîtres ou les monastères, mais ils y demeuraient étrangement silencieux pour le plus grand nombre. Et, au XVIIIe siècle, les lumières triomphantes de la raison les chassèrent définitivement de nos horizons. Les ange déchus, les démons, étaient devenus peu à peu inutiles, eux aussi. Autant qu'eux, et mieux qu'eux, les hommes étaient devenus experts dans la ruse et le mensonge, la communication vide et séductrice. À la place des anges et des démons, nous avons appris à « faire l'ange », et nous y avons réussi mieux qu'eux.
Alors, nous avons rangé l'ange, cette icône de Dieu, redoutable jusqu'en sa déchéance, au magasin des accessoires folkloriques. Il est devenu une simple image, une métaphore, un élément décoratif, un *putto* ou un angelot. Les messagers étaient passés, nous n'avions pas écouté ou entendu leurs messages, tant nous étions fascinés par les autres messagers, ceux qui disaient le bonheur et la mort. Et tout s'est perdu, jusqu'au souvenir de leur passage.

Dans ce monde sans anges, nous nous sommes mis à faire l'ange, car il fallait bien que quelque chose se passe, et passe, fût-ce une fausse nouvelle, puisqu'il ne passait plus rien. Nous avons commencé à communiquer, en fabriquant de nouveaux messages et de nouveaux messagers, en inventant de nouvelles messageries. Tout a commencé d'une manière imperceptible, et comme inaperçue. Les hommes travaillaient pour vivre, pour survivre, pour être ensemble. C'était un labeur, une peine et une fatigue. Mais ils se sont mis à travailler autrement, pour être plus, pour être autres, en ayant plus, en accumulant de la richesse, de l'être, de l'honneur, du pouvoir. De l'argent. Car l'argent s'est mis à signifier toutes choses, aussi bien les choses qu'on a ou qu'on désire que les choses qu'on est ou qu'on veut être. L'argent est devenu le corps des anges nouveaux, leur message et la trace qu'ils laissent en sillonnant notre monde. Et le travail des hommes est devenu production et transformation, passage et interférence, distribution et capitalisation. Il est cette nouvelle alchimie qui transforme toutes choses et même l'homme en or et en argent.

Un monde nouveau s'est mis à fonctionner, forme nouvelle de ce vieux monde que les Écritures appellent le monde du péché. Ce monde est une universelle messagerie, un réseau infini, où tout circule dans tous les sens, relié et connecté par des instruments de plus en plus perfectionnés. Et dans ce peuple nouveau des hommes, tous ceux qui ne sont pas branchés sont abandonnés sur le bord des chemins, inutiles et marginalisés. Tous les autres [...] circulent ou font circuler en interdisant les arrêts ou les stationnements. Et même les pauvres se sont mis à circuler, sans domicile fixe, porteurs pour les riches de signaux de détresse, oubliés aussitôt qu'entr'aperçus. Longuement, patiemment, nous avons tissé d'infinis réseaux, où tout peut circuler, parce que jamais rien de réel n'y circule. Tout peut être annoncé ou dit, parce que rien n'est dit, puisqu'il n'y a plus rien à dire. [...] Ainsi est née la communication pure, celle qui communique pour communiquer, sans avoir rien à communiquer. Nous avons ainsi inventé l'ange parfait, l'ange définitif, celui qui n'est que pur passage, sans rien qui passe. [...] C'est le monde des anges sans les anges, ou un monde d'anges vides, sans Dieu ni hommes, des anges devenus fous et inutiles, qui ne portent plus de messages, qui portent pour porter, sans rien porter et sans personne à qui porter. Ce monde singe l'ange, comme il singe l'homme, en singeant l'universalité, la fraternité, l'égalité. [...] À nouveau et toujours s'écrit le mystère du mal.

[...] Mais voici que, dans les espaces vides de ce monde blanc, reviennent l'incertitude et la peur, l'angoisse et la solitude. Les hommes ont colonisé tous les mondes, ils ont appris toutes les langues et tous les savoirs, ils ont inventé toutes les communications et toutes les messageries. Mais ils ont désappris dans le même temps le silence de l'espérance.

[...] Dans les silences bruyants de ces nouvelles solitudes, certains disent alors entendre des voix qui les appellent, la voix des anges qui reviennent. Les anciennes révélations ont fait leur temps et elles sont oubliées dans les livres sacrés que personne ne lit plus. Avec elles ont sombré les vieux mythes et les symboles qui les portaient. [...] Arrivent [alors] des prêcheurs et des gourous, de nouveaux messagers qui disent savoir le dernier mot de l'histoire. Alors naissent des

Quelle plus belle récompense pour un croyant que d'être accueilli par un ange au seuil du paradis ? C'est l'essence même d'un tel bonheur qui émane de cette peinture tout entière illuminée par l'incandescence de la clarté divine (retable du Jugement dernier, Hôtel-Dieu de Beaune, France) (© J. Michot/Alpha Oméga)

Archange Michaël, détail de Trois Archanges et Tobie
d'après Francesco Botticini (1446-1498)
(galerie des Offices, Florence)

imaginaires fous et sectaires, faits de bric et de broc [...]. Se met [alors] en place une sorte d'angélologie fantastique et incontrôlée, doublant le monde des hommes et des objets, et peuplant les espaces de présences bénéfiques ou maléfiques. Dans ce polythéisme nouveau et confus, des messagers sans message viennent dire n'importe quoi [...].Il est vain de rêver d'un retour des anges anciens dans le monde nouveau. Comme les hommes et les civilisations, les imaginaires meurent. Et l'imaginaire contemporain est vide de toute présence angélique. [...]

Mais si les images nous ont quittés, les présences qu'elles évoquaient ne nous ont peut-être pas abandonnés. Les anges nous avaient appris que la présence de Dieu, dans sa plus haute transcendance, était un espace de rencontre et d'amour et non de crainte et de terreur. Patiemment, ils nous avaient enseigné que notre corps était le corps de l'esprit, l'arche de toute rencontre [...]. Et ce dernier message des anges avait été pour nous annoncer qu'en Jésus de Nazareth, Christ pour nous, c'est-à-dire Messie d'une humanité nouvelle, la transcendance avait pris corps et que le corps s'était ouvert définitivement à la transcendance. Et qu'alors la mort avait été définitivement vaincue, et avec elle l'angoisse et la solitude. Et que l'amour, l'amour vrai, celui qui donne sans prendre en otage de soi, était devenu possible. Parce qu'au cœur de toute identité vraie habite l'altérité la plus radicale, celle offerte dans le visage d'autrui, celle du visage de Dieu lui-même.

Ainsi les anges, en perdant leurs images, nous ont laissé leur plus haut message. Ils nous ont révélé la plus haute transcendance de Dieu, sa hauteur d'humilité, son vrai nom. Ils nous ont révélé le visage définitif de Dieu dans le visage de cet homme humilié, abandonné et crucifié, Jésus de Nazareth. Et, du même coup, ils nous ont enseigné que chacun de nous ne peut exister que s'il consent à cette gratuité d'humilité, s'il s'abandonne à la grâce du visage d'autrui, de l'homme abandonné et humilié.

Aussi peut-on dire que dans ce monde où nous avons oublié Dieu et abandonné les anges voici qu'à nouveau les anges nous visitent. Voici que, de nouveau, ils reviennent en cohortes innombrables.

Mais ils ne reviennent pas dans leurs habits de lumière et dans la transparence de la proximité bienveillante de Dieu. Hâves, hirsutes, défigurés, ils reviennent des camps de la mort et des champs de ruines de nos guerres sans nom. Ils descendent des bidonvilles, ils montent des pays affamés et exploités. Ils ne savent pas nos bonnes manières ni nos compétences ou nos performances, ils ont désappris à vivre et même à mourir. L'ange innombrable qui s'approche ainsi de nos sociétés satisfaites et malheureuses a le visage du pauvre, de l'exclu, de l'homme abandonné. Il est l'ange crucifère,

Dans un esprit très classique, cette assomption dépeint des anges à silhouette humaine que la « lévitation » distingue seule des mortels (d'après le tableau de N. Poussin, XVIIe siècle, in* La Vie des saints, *Librairie de Firmin-Didot et Cie, 1887)

porteur de l'icône du Christ, enseignant l'homme dénudé de ses masques et de ses faux-semblants, l'homme seul réel, qui a appris une existence et un temps fondamentaux, n'ayant plus rien d'autre que son humanité, sans vêtement ni ornement. L'ange qui revient nous enseigne cet homme qui a une fois affronté, en lui et autour de lui, le risque de destruction de l'humanité, le seul homme capable de devenir enfin un homme, le Fils de l'Homme. Ainsi s'avance vers nous et au-devant de nous l'ange misérable, archange de l'humanité nouvelle, parce que principe, fondement et commandement d'humanité.

[...] Et ils avancent ensemble, l'ange et le misérable, comme une masse lumineuse et sombre, brûlante et froide, messager d'un Dieu qui est venu à nous, qui vient toujours à nous, étant seul à oser venir à nous.

Ces nouveaux messagers ne portent plus seulement, comme dans les temps anciens, la parole d'alliance et d'amour [...], ils portent la dernière parole de Dieu, la parole d'avant le silence et la fin, la parole de la colère de Dieu. [...] [Elle] s'avance au-devant de sa présence, comme une dernière parole d'amour. Elle est l'amour qui se fait violence et qui fait violence pour supplier les hommes de revenir aux maisons d'humanité.

[...] Les anges disent à nouveau ce que nous savons depuis toujours. Ils disent que celui que les hommes ont condamné, c'est lui, l'Homme, *Ecce Homo*. Ils disent que ce qui fait qu'un homme est un homme, ce n'est pas d'abord l'équité ou l'égalité, ce n'est même pas la justice, mais c'est de porter la miséricorde, la pitié et la compassion [...].

Ainsi, dans ce jour nouveau, les anges nous appellent à une nouvelle Annonciation [...].

Ainsi s'ouvrent à nouveau devant nous les chemins des anges, dans l'urgente passion d'un monde nouveau.

Archange Michaël, détail d'après une fresque de Perin del Vega (1500-1547) (salle du Conseil, Castel Sant' Angelo, Rome)

Conclusion

Fort de la formidable évolution scientifique qui a caractérisé le XXe siècle, le troisième millénaire s'ouve avec le lourd bagage d'un héritage rationaliste – et pour tout dire matérialiste – qui est loin de combler notre indéfectible besoin de transcendance. Nous n'en voulons pour preuve que la multiplication des courants spiritualistes qui tentent, chacun à leur manière et avec plus ou moins de bonheur, de donner un sens à nos élans les plus profonds. Hélas, les promesses qui sont les leurs ne possèdent ni l'ampleur ni la force du religieux, quand bien même elles se parent d'un semblant de religiosité. C'est que l'expérience intime de la foi ne peut se satisfaire d'approches périphériques se résumant à l'assimilation d'un ensemble de préceptes et à la pratique de rites plus ou moins entachés d'ésotérisme. L'engagement sur le chemin de Dieu est, en effet, d'une autre nature : plus global, plus brûlant et plus désintéressé.

En s'ouvrant véritablement à l'appel divin dans la spontanéité et l'authenticité de l'abandon et de la confiance, chacun pourra trouver réponses à ses interrogations les plus fondamentales. Et partant, mettre en pratique – ou, mieux encore, traduire en actions – dans le monde qui est le nôtre, – l'« inspiration » bienheureuse dont il aura été alors investi. N'est-ce pas là d'ailleurs la signification profonde du concept de « foi vivante » souvent évoqué par le message christique ?

Dans cette grande aventure de la foi, conçue non pas comme un état mais comme un cheminement actif vers Dieu et un engagement personnel de tous les instants à Ses côtés et à celui de Ses créatures, les anges jouent toujours un rôle. Parce qu'ils sont tout à la fois des ambassadeurs, des conseillers, des modèles, des compagnons et des soutiens investis de la puis-

sance et de l'amour divin, et pour cette raison même les artisans de Sa volonté et de Sa mansuétude à notre égard. Toujours aussi présents, ils nous indiquent la voie et nous assistent dans notre voyage, nous offrant ainsi la possibilité de nous réaliser pleinement enfants de Dieu.

Et si d'aventure l'homme saisissait cette nouvelle chance de réconciliation avec lui-même, avec ses semblables et avec Dieu, alors pourrait-il afficher, à son tour, le beau, limpide et radieux sourire de cet ange du portail de la cathédrale de Reims, qu'une main humaine inspirée par la grâce sculpta, un jour, en témoignage d'une foi sans mélange, et offrit en héritage de confiance et d'espoir à toutes les bonnes volontés.

Index des noms propres

Archange Gabriel, détail de Trois Archanges et Tobie ***d'après Francesco Botticini (1446-1498) (Galerie des Offices, Florence)***

À lire également aux Éditions De Vecchi

Albert L., *Les Grands Saints : mystères, histoire, actualité*, 1997.

Baudouin B., *Les Protestants* 1997 ; *Le Soufisme* 1995 ; *Les Orthodoxes,* 2000.

Biton D., *Le Grand Livre des guérisseurs, des saints et des lieux sacrés*, 1999.

Centini M., *Les Apparitions de la Vierge : Lourdes, Fatima, Medjugorje*, 1999 ; *Le Grand Livre des miracles,* 2000.

Fortiz U., *Les Miracles : mystères, histoire, actualité*, 1997.

Guastalla Surabhi E., *L'Ange gardien*, 1998.

Maglione M., *Les Plus Belles Prières du monde*, 1997.

Olivier P., *Le Pouvoir de la prière*, 1995 ; *Le Grand Livre des pèlerinages*, 1999.

Penna A., *Les Saints*, 1998 ; *Le Mysticisme*, 1998.

Table des matières

Achevé d'imprimer en janvier 2002
à Sant Adrià de Besòs (Barcelone), Espagne,
sur les presses de Bigsa

Dépôt légal : janvier 2002
Numéro d'éditeur : 7447